CARLA CRESPO
Amor en V.O.

Editado por Harlequin Ibérica.
Una división de HarperCollins Ibérica, S.A.
Núñez de Balboa, 56
28001 Madrid

© 2016 Carla Crespo Usó
© 2016 Harlequin Ibérica, una división de HarperCollins Ibérica, S.A.
Amor en V.O., n.º 112 -1.10.16

Todos los derechos están reservados incluidos los de reproducción, total o parcial. Esta edición ha sido publicada con autorización de Harlequin Books S.A.
Esta es una obra de ficción. Nombres, caracteres, lugares, y situaciones son producto de la imaginación del autor o son utilizados ficticiamente, y cualquier parecido con personas, vivas o muertas, establecimientos de negocios (comerciales), hechos o situaciones son pura coincidencia.
® Harlequin, HQN y logotipo Harlequin son marcas registradas por Harlequin Enterprises Limited.
® y ™ son marcas registradas por Harlequin Enterprises Limited y sus filiales, utilizadas con licencia. Las marcas que lleven ® están registradas en la Oficina Española de Patentes y Marcas y en otros países.
Imagen de cubierta utilizada con permiso de Dreamstime.com.

I.S.B.N.: 978-84-687-8748-0
Depósito legal: M-23328-2016

*Para mamá porque, como decía Mafalda,
somos madre e hija y nos graduamos el mismo día.*

PRÓLOGO

La primera vez que vi a Alicia supe que era alguien especial. Tenía el cabello castaño claro y cortado en melenita a la altura de la barbilla. Unas gafas de pasta de estilo nerd *ocultaban unos ojos grandes de un llamativo e inusual color miel.*

Era alta y desgarbada. Llevaba unos vaqueros claros y una sudadera gris, dos tallas más grande, que ocultaba su delgaducha figura. No pude evitar sonreír al fijarme en el estampado que lucía la prenda: Mafalda. El famoso personaje de las tiras cómicas de Quino. Esbocé de nuevo una sonrisa al pensar en mi nombre. Justo el del mejor amigo de la conocida niña argentina.

El resto de los alumnos de tercero de carrera entraron también al aula, pero mis ojos no podían apartarse de la insignificante chica. Sentada dentro de una de las cabinas, ojeaba unos apuntes sin levantar la mirada.

Tenía toda la pinta de ser de esas personas incapaces de hablar en público: inseguras y con un grado de timidez extremo. Puede que fuera una excelente traductora pero, solo con verla, ya se podía adivinar que no tenía madera de intérprete. Me jugaba lo que fuera a que aprobaría la asignatura a duras penas.

Mónica, la profesora a la que yo iba a sustituir, no me había comentado nada, pero mi instinto no solía fallar.

¡Quien me lo iba a decir! No podía estar más equivocado.

Cuando a lo largo de aquella clase me puse a escuchar a través de los cascos las interpretaciones de los alumnos, fruncí el ceño. De los treinta que tenía en el aula había escuchado por lo menos a dos tercios: alguno no lo hacía mal del todo pero, en general, aquello no era lo suyo.

«¿Qué tal se le daría a la chica de la camiseta de Mafalda?».

Mi fe en aquella jovencita era tan poca que la había dejado para el final. Cogí el bolígrafo y la libreta dispuesto a apuntar sus fallos y presioné el botón para activar su canal y poder oírla.

Una voz dulce y melodiosa sonó al otro lado de los cascos. Una voz que interpretaba con el tono y el ritmo de una profesional. Una voz que, además, estaba transmitiendo el mensaje original a la perfección.

No podía ser...

Miré la pantalla del ordenador para asegurarme de que no me había equivocado y estaba oyendo a otra alumna. No, era la misma chica por la que yo no había dado un duro.

Levanté la cabeza y fijé mis ojos en ella que, concentrada y con la mirada perdida, interpretaba con tranquilidad y sin saberse escuchada.

De pronto, se percató de que yo, el nuevo profesor, la estaba oyendo y, como por arte de magia, la maravillosa intervención se quebró.

Lo que hasta ese momento había sido absoluta perfección se transformó en un cúmulo de despropósitos.

Abrió sus grandes ojos y me miró también, sabedora del cambio que había dado su trabajo en el momento en el que se había dado cuenta de que alguien al otro lado de los cascos la escuchaba.

Vaya, vaya, vaya. En algo había acertado. Tenía miedo escénico. Pero había talento. ¡Y tanto que lo había! Solo debía ayudarla a superar sus inseguridades. Si lo lograba, sin duda sería una magnífica profesional.

Y así fue como Mafalda, como la bauticé en ese momento, se convirtió en mi proyecto personal.

Era un flechazo en cabina.

CAPÍTULO 1

BAILES LATINOS

Diez años más tarde...

Sabía que aquello era una mala idea. Era cierto que llevaba soltera una eternidad, pero resolverlo de aquel modo... le parecía ridículo, ¡no estaba tan desesperada! ¿O sí?

No estaba muy segura de por qué había accedido a seguir a Lidia hasta el pub y mucho menos por qué se había prestado a que la maquillase y vistiera a su antojo. Ahora estaba muerta de vergüenza.

Sujetó del brazo a su amiga cuando ya estaba abriendo la puerta del local.

–¿No prefieres que vayamos tú y yo a tomar algo a otro sitio más tranquilo?

Lidia se volvió hacia ella y frunció el ceño.

–¿Ya te estás rajando? –La miró de arriba abajo con aprobación, satisfecha por su elección del conjunto.

–Sí.

—Ni en broma. Hemos venido y nos quedamos. No me he esmerado tanto en prepararte para nada.

Alicia sonrió y, esta vez, fue ella la que miró con desaprobación a su amiga.

—Por Dios, si casi no me atrevía a salir a la calle con este vestido que me has puesto. No sé si estirármelo para arriba para taparme un poco el escote o para abajo a ver si consigo que parezca que llevo algo más que un cinturón.

Lidia la miró dubitativa antes de responder:

—¡Pero si estás que rompes! Para un día que vamos a conseguir que los hombres se fijen en ti...

—En cambio, en ti, siempre se fijan todos.

Lidia dio una vuelta sobre sí misma para mostrarle a su amiga el provocativo conjunto que lucía. Ella se había arreglado a conciencia y se había puesto el vestido rojo que solía utilizar cuando quería «salir a matar». Si quería llamar la atención de los neandertales que estaban de fiesta más le valía entrarles por los ojos. Agarró a su amiga del brazo y la arrastró por la puerta del bar.

Alicia solo pensaba en trabajo, trabajo y más trabajo y siempre le ponía como excusa que no tenía ropa sexy para ir de fiesta. Bien, eso ya no era un problema.

Era la noche de los bailes latinos y ese día las chicas entraban gratis al local. Era una forma de atraer a los hombres y conseguir que ellos se gastasen los cuartos pagando una entrada y luego invitando a copas y chupitos. El *reagueton* a todo volumen invadía cada rincón del lugar y era difícil mantener una conversación. Aun así, Alicia se sentó en un taburete en la barra y se pidió un *gintonic*. Que Lidia bailase cuanto quisiera, ella ya había hecho bastante con no salir corriendo de allí.

Suspiró, dio un trago a su copa y se preparó para lo que estaba por llegar.

Sabía con toda certeza que iban a empezar a acercársele hombres para pedirle que bailase con ellos. De hecho, Lidia ya estaba meneando el esqueleto y rozándose descaradamente con un atractivo chico de ojos negros, perilla y nariz prominente. Lástima que estuviera tan oscuro en aquel local, no podía verle bien la cara. Sacudió la cabeza. Ni hablar. No pensaba entrar en ese juego. Tenía claro que sería difícil negarles la palabra, pero en algo iba a mantenerse firme: nada de bailes.

Estaba en lo cierto. Poco a poco, algunos hombres se acercaron a ella y, ante su negativa a lucir palmito al son de la música, optaron por intentar entrarle dándole conversación. La cantidad de comentarios estúpidos que iban a hacerle aquellos tíos cuando le preguntasen a qué se dedicaba y les dijera que era traductora e intérprete era interminable... Había escuchado cientos de veces la misma cantinela.

—¿Trabajas como actriz? —preguntó el primero en acercarse a ella, un banquero que al parecer solo sabía hablar de la bolsa y por lo visto no conocía la profesión de intérprete de conferencias.

Los minutos le parecieron horas cuando le dio una *master class* sobre las acciones y, al tratar de explicarle su trabajo, descubrió que, una vez superado el entusiasmo inicial al pensarse que se dedicaba al mundo del cine, parecía más preocupado de sí mismo que de prestarle un mínimo de atención.

El tipo número dos era comercial y, uno de tantos, de los que pensaban que cualquiera que supiera un poco de inglés podía ejercer de traductor.

—Yo tengo una prima que estudió un verano en Londres y ahora me traduce todo.

—¿Ah, sí? —Lo que le faltaba. Que encima de menospreciar su trabajo le pareciera de lo más normal que alguien que no estaba preparado para ejercitarlo lo hiciera y, para más inri, cobrando en negro.

Y encima no la había invitado ni a una copa. Tacaño.

—¿Y cómo se dice cigüeñal en inglés?

El tercer hombre que se le había acercado debía de creer que ser traductora consistía en ser un diccionario con patas. ¿Cómo iba ella a saber que se decía *crankshaft* si sus conocimientos mecánicos eran nulos y ni siquiera sabía lo que significaba en español? Pero claro, el rudo hombretón que tenía delante era dueño de un taller de coches y esto era lo único que le interesaba.

Se pasó el rato que duró la copa a la que le había invitado ejerciendo de diccionario andante. Y, mientras tanto, Lidia seguía bailando, esta vez con un hombre distinto.

Alicia se preguntó dónde estaría el atractivo hombre de ojos negros, pero aunque recorrió el local con la mirada no logró encontrarlo.

Un cuarto interrumpió sus pensamientos ofreciéndose a invitarla a un chupito que rechazó porque ya llevaba dos copas y, al día siguiente, tenía que trabajar. A este, solo le interesaba saber si había conocido a algún famoso. Y, más concretamente, si alguna vez había sido intérprete de Beckham o Bale. En realidad, el único tema de conversación que tenía este cuarto hombre era el fútbol y, para colmo de los colmos, era un madridista declarado. No iba a salir bien seguro.

Al quinto candidato que se le acercó, un informático de manual, le parecía que su trabajo no tenía futuro. Con los adelantos del traductor de Google Translator y los avances de la tecnología pronto no solo no harían falta los traductores sino tampoco los intérpretes.

Alicia observó su copa vacía y cerró los ojos. Tenía tantas, tantas ganas de marcharse a casa.

Una canción más y le diría a Lidia que se largaba.

Al fin y al cabo, estaba muy ocupada bailando y restregándose con medio local. No la necesitaba para nada.

Ella tenía que descansar. Al día siguiente tenía un congreso importante y quería repasar el glosario que se había preparado. La temática de la conferencia era la informática y el *software* libre y no era una experta en el tema.

Suspiró y cerró los ojos de nuevo tratando de relajarse. Cuando los abrió, descubrió frente a ella dos ojos oscuros que la miraban divertidos.

Le pareció todavía más guapo que cuando lo había visto bailando con su amiga. Aunque le era familiar y no sabía por qué. Sin embargo, cuando él acercó la boca a su oído y, rozándole la mejilla con su barba, la llamó por el mote con el que la había bautizado en la universidad supo al instante quién era. ¿Cómo había podido no reconocerlo?

Esa voz era inconfundible.

La había escuchado día tras día a través de los cascos en sus clases de interpretación simultánea.

−¿Felipe Estévez?

¿Qué demonios hacía su antiguo profesor en un local de baile latino? No le pegaba nada. Aunque, después de haberle visto moverse al compás de Lidia tuvo que reconocer que no se le daba nada mal.

−Llevo observándote toda la noche, por lo visto te

lo has pasado en grande tratando de explicarle a esta gente a qué te dedicas –ironizó.

–Imagino que entonces te habrá sorprendido ver que al fin conseguí convertirme en intérprete, ¿no?

Las palabras de su profesor la habían perseguido varios años, sin embargo, con trabajo y esfuerzo había logrado su propósito.

–Lo cierto es que no, Alicia Ballester. –Enfatizó cada una de las sílabas de su nombre igual que ella había hecho al reconocerlo–. Recuerdo con exactitud lo que te dije en tu último año de carrera y nunca dije que no fueras a hacerlo.

Ella puso los ojos en blanco.

–Te reproduzco literalmente: «Pienso que eres una chica inteligente y con facilidad para interpretar, pero si no superas tu inseguridad a la hora de hablar en público, te tendrás que dedicar a otra cosa. Siento mucho ser tan rudo, pero suavizar la realidad no te haría ningún bien».

–¡Vaya! Palabra por palabra... veo que mi mensaje te caló hondo... Después de todos estos años, ¿sigues enfadada?

Alicia frunció el ceño y levantó la barbilla, indignada. Siempre había sido un presuntuoso y estaba claro que eso no había cambiado.

–¿Quién te has creído que eres para hablarme con esa condescendencia? Yo ya no soy tu alumna...

–Cierto.

–De hecho, soy intérprete profesional –replicó altiva.

–Lo que no entiendo es por qué te molestaste –se defendió él–. Mis palabras tenían una única finalidad y esa era que superaras tus miedos y dieras todo lo que yo sabía que podías dar.

–Por favor… ¿tan ingenua crees que soy? Ya no soy ninguna cría.

–No, no lo eres –contestó Felipe mientras le daba un repaso de arriba abajo y se decía a sí mismo que, desde luego, no lo era. No había ni rastro en ella de la chiquilla apocada que se escondía bajo gruesas sudaderas y gafas de pasta. No es que entonces no hubiera sido guapa, pero es que ahora era una mujer de lo más sexy. Su perfecto corte de pelo *long bob*, su maquillaje y ese genio que se gastaba lo estaban poniendo a cien. Por no hablar del vestidito que llevaba...

Alicia se percató de la mirada lujuriosa que le estaba propinando y eso no hizo más que acrecentar su mal humor. A buenas horas se había dejado disfrazar. Lo mejor sería largarse.

–Disculpa que no me quede a disfrutar de tu compañía pero mañana he de madrugar –giró la muñeca para ver la hora que marcaba el reloj–, voy a interpretar en el congreso de Joomla, *software* libre. ¿Te suena?

Felipe quiso responderle que no sabía cuánto le sonaba, pero ella ya estaba en la puerta y no tenía pinta de querer seguir charlando.

–¡Ha sido un placer, nos veremos antes de lo que piensas! –gritó.

«Más quisieras», pensó Alicia.

CAPÍTULO 2

En cabina

Al día siguiente, Alicia se despertó exhausta y, al mirarse al espejo descubrió dos enormes surcos negros bajo sus ojos.

«Maldito Felipe».

Se había pasado la noche dando vueltas en la cama. Las dos copas y los chupitos no habían ayudado a que conciliase el sueño y la presencia de su antiguo profesor en aquel bar mucho menos. Hacía años que no sabía nada de él, ¿por qué habían tenido que rencontrarse la noche anterior? Lo apartó de su mente, diciéndose que no tenía que volver a verlo, aquello había sido una desgraciada casualidad, y que si habían pasado años sin saber nada de él, probablemente pasarían unos cuantos más hasta que el destino volviera a ponerlo en su camino.

Odiaba la informática y el dichoso congreso de Joomla la ponía nerviosa, presentarse a hacer el trabajo sin apenas haber dormido no jugaba a su favor.

Se fue a la cocina y puso en marcha su cafetera italiana. Aunque tenía una máquina Nespresso, apenas la utilizaba. Le gustaba como su vieja cafetera inundaba la casa del característico y amargo olor. Se sirvió una taza humeante de café con leche y se la bebió. Le gustaba tomar las bebidas muy calientes.

Luego se dio una ducha rápida, se recogió el pelo en una coleta de caballo, se maquilló con sutileza para ocultar las ojeras, cogió sus trastos y salió de casa.

Tras un viaje en tranvía en el que dormitó casi todo el camino, llegó a la Politécnica. A paso veloz, entró en la sala de conferencias de la universidad donde no encontró a su compañera de cabina, sino a la persona que le había robado el sueño.

—¿Otra vez tú? —Las palabras salieron de su boca antes de que tuviera tiempo de pararse a pensarlas siquiera. Por lo visto, el destino se había dado prisa en repetir la jugada.

El joven de cabello castaño oscuro que estaba sentado en una de las sillas de la cabina de interpretación probando los canales se quitó los cascos y se giró hacia ella.

—¿No te enseñaron tus maestros a saludar como Dios manda? —inquirió burlón.

Ella entornó los ojos, resopló y dejó caer su bolso sobre la silla. Solo le faltaba tener que seguir aguantando sus gracias, como si lo de anoche no hubiese sido ya una broma pesada.

Felipe observó divertido a la malhumorada joven. No había ido allí para fastidiarla. La compañera de cabina de Alicia se había puesto enferma, le había llamado para que la sustituyese y, por lo visto, no había avisado a su amiga.

Se trataba de un congreso de larga duración y era imposible que una sola persona estuviera interpretando tantas horas seguidas. Claro que el destino parecía querer jugarle una mala pasada porque encontrársela en el pub después de tanto tiempo sin verse y justo la noche antes de que fueran a coincidir...

Cuando aceptó el encargo, sabía que el reencuentro con su antigua alumna no sería fácil, pero la conversación que habían mantenido la noche anterior solo había empeorado las cosas. Ahora iba a tener de pareja a una mujer irascible y ese no era el panorama ideal para lo que se les avecinaba.

Les esperaba una larga jornada laboral, encerrados entre las cuatro paredes de la diminuta cabina de interpretación. Sentados, sus cuerpos casi podían rozarse y la tensión se palpaba en el aire.

Alicia se sentó y colocó con esmero todos sus trastos sobre la mesa mientras Felipe comprobaba que los diferentes canales de audio funcionaban correctamente. No quería sorpresas de última hora cuando la conferencia hubiera empezado.

Observó de reojo al que, en otro tiempo, fue su profesor favorito. El que le ponía buenas notas y el que la animaba a mejorar para convertirse en intérprete de conferencias.

Estaba claro que con el paso de los años no había perdido ni un ápice de su atractivo. Nerviosa, se pasó la mano por su melena castaño claro y fijó la mirada en el escenario de la sala Paraninfo de la Universidad Politécnica de Valencia. Sería mejor pensar en lo que era, en verdad, importante.

Por desgracia, le resultó muy complicado centrarse en los largos y tediosos discursos de los conferenciantes. Hacía mucho calor y la presencia masculina que tenía al lado no hacía más que incrementar esa sensación.

A buen seguro que le estaba demostrando a Felipe que sus palabras habían sido acertadas porque no estaba siendo uno de sus mejores días. Resultaba imposible concentrarse sabiendo que dos ojos negros la miraban fijamente a la espera de que cometiera un error.

Felipe no podía apartar la mirada de la angelical cara de Alicia. Estaba nerviosa, cierto, pero a pesar de la presión que sabía que su presencia le provocaba estaba haciendo un buen trabajo. No es que le sorprendiera, había sido su alumna más aventajada, pero la inseguridad y la poca fe que a veces tenía en sí misma le habían hecho dudar de que pudiera dedicarse a aquello de forma profesional.

Estaba claro que se había equivocado. La jovencita a la que le temblaba la voz cuando tenía que hablar frente a sus compañeros había desaparecido siendo reemplazada por una mujer capaz de comerse el mundo. Al menos, eso era lo que aparentaba.

Si no hubiera sido quien era, la noche anterior hubiera tratado de conquistarla.

Unas horas más tarde ambos dejaron, agotados, los cascos sobre la mesa. Alicia dio un sorbo a la tercera botella de agua mineral que había abierto en lo que iba de jornada. Tenía la boca seca y pastosa de tanto hablar y la mente saturada por el esfuerzo.

En cambio Felipe estaba como si nada. Su aspecto era impecable y no parecía cansado en absoluto. Aquello la irritó sobremanera. Aquel tipo era de lo más repelente... prácticamente perfecto en todo.

Si tenía algún defecto, ese era el de la arrogancia.

Vale, era un engreído, hasta él lo admitía. La humildad no era una de sus cualidades. Pero quizás por una única vez pudiera bajarse de su pedestal y admitir que se había equivocado.

Al fin y al cabo, era de valientes admitir una derrota. Y él no era ningún cobarde.

Puede que en otro tiempo hubiera tenido dudas acerca de la capacidad de su alumna pero acababa de dejarle bien claro que se había equivocado. De pleno. Lo menos que podía hacer era bajarse del burro y pedirle perdón.

Alicia se abrochó el abrigo y le tendió la mano a modo de despedida. No quería ser grosera. Iba a retirarla cuando los dedos de Felipe la sujetaron con firmeza, impidiendo que se alejara, y no pudo evitar que un escalofrío recorriera su cuerpo.

–Espera.

–¿Qué quieres?

–Me gustaría disculparme.

–¿Por qué? –inquirió suspicaz. Tenía mucho por lo que pedirle perdón.

–Por lo que te dije hace años. Hoy me has dejado con la boca abierta, has hecho un magnífico trabajo.

Ella le miró escéptica y trató de soltarse.

–¿Estás siendo irónico? Porque si es así…

–¿Te estoy pidiendo perdón y crees que me estoy burlando? ¿Qué clase de persona crees que soy?

–De las que rompen en pedazos los sueños y las ilusiones de sus alumnas –siseó dolida. Le había hecho daño en muchos aspectos.

Felipe apretó con fuerza la mano de Alicia, no iba a marcharse sin escucharle. Además, le gustaba sentir el tacto de su cálida piel contra la suya.

–Dame una oportunidad para demostrarte que no soy así –suplicó–. Dame una cita.

Aunque le costaba admitirlo, se moría por pasar más tiempo con Felipe. Eso sí, no pensaba dejar que él se diera cuenta. Había sufrido demasiado por su culpa.

—De acuerdo —replicó muy seria—. Te ofrezco un desayuno de trabajo. Nada más. ¿Lo tomas o lo dejas?

—¿Se puede saber por qué te largaste ayer sin decir nada? —preguntó malhumorada Lidia—. Me dejaste tirada...

Alicia sonrió al imaginar a su amiga haciendo un mohín al otro lado de la línea. Lo suyo era quejarse por todo.

—Ah, ¿eso quiere decir que te diste cuenta de que me marché?

Silencio al otro lado del teléfono.

—Y yo que pensaba que estabas tan cegada por tus propios movimientos de cadera que no te darías cuenta... —ironizó.

—¡Vale, vale! Me has pillado —confesó Lidia en un susurro—. No me percaté de que ya no estabas hasta que decidí que iba a seguir con mis movimientos de cadera en, um, un lugar más íntimo y quise ir a buscarte para decírtelo. Lo malo es que mi acompañante no estuvo por la labor y me tuve que volver sola. Podías haberme avisado de que ibas a seguir la fiesta en otra parte.

—Yo no seguí la fiesta en ningún sitio, Lidia.

—¿Ah, no? —inquirió confusa.

—No.

—Y entonces... —Lidia buscó las palabras adecuadas—, ¿por qué te fuiste con el de los ojos negros?

Alicia no respondió.

–Sí, mujer, con ese que trabajaba de intérprete, como tú. Bailé con él al principio de la noche.

–Qué yo, ¿qué? –preguntó escandalizada–. No me fui con nadie. Me vine directa a casa. Hoy tenía mucho trabajo.

–Es verdad, hoy tenías ese congreso de informática que tantos quebraderos de cabeza te estaba dando, ¿no?

–¡Ayyyyyyy! –suspiró Alicia.

–¿Qué pasa? ¿No te ha salido bien? –No es que Lidia pensara en serio que Alicia no había hecho correctamente su trabajo, pero la notaba tan rara que no sabía a qué podía deberse.

–No es eso... es que... –¿Por dónde empezar?

–Comienza por el comienzo –murmuró su amiga como si le hubiese leído la mente.

–Está bien. El tío ese de los ojos negros era Felipe Estévez. Mi antiguo profesor de interpretación.

–¿Del que estabas enamorada en la universidad? ¿Tu amor platónico? ¿El que quiso tirar por tierra tus sueños de convertirte en intérprete?

Alicia esbozó una leve sonrisa ante la riada de preguntas.

–El mismo que viste y calza.

–¡¡Vaya tela!!

–Es una buena manera de resumirlo. Pero eso no es todo.

–¿No?

–Esta mañana me lo he encontrado en la cabina.

–¿Cómo que en la cabina? ¿Es que no tienes móvil? –Lidia no entendía nada.

–En la cabina de interpretación, mujer, ¡no en una de teléfono! Parece que el destino la ha tomado conmigo. He debido de cabrear a alguien ahí arriba. –Señaló al cielo a pesar de que su amiga no podía verla–. El caso es que ayer coincidimos de casualidad en los bailes latinos pero me cabreó tanto que me largué.

–Mira que tienes mal genio.

–Y hoy, al entrar en la cabina, me lo he encontrado ahí sentado.

–Pero, ¿tu compañera de interpretación no es Marisa? –preguntó Lidia sin comprender nada.

–Sí –se lamentó–, pero algo le ha pasado y, en vez de decírmelo a mí para que yo me buscara un nuevo compañero ha decidido buscarlo por su cuenta y ha elegido al menos apropiado. Ya hablaré con ella cuando esté menos enfadada.

Lidia no pudo por menos que estar de acuerdo con esa afirmación, no sentía mucho aprecio por Marisa.

–Total, que entre lo poco que me gustaba el tema del congreso y que he tenido sus dos ojos pegados a mi cogote todo el día no veas el estrés que llevo. Estoy histérica.

–No me extraña... pero, bueno, piensa que ya ha pasado y que no tienes que volver a verlo. Aunque es una pena porque está bien bueno –añadió entre risas.

Alicia se balanceó de un lado al otro, sopesando como decírselo a su amiga.

–En realidad sí.

–¿Cómo?

–Hemos quedado mañana.

–¿¿¿Qué??? ¿Tú? ¿Le has dado una cita? –No podía creerlo.

–No exactamente. Va a ser un desayuno de trabajo.

A Lidia le entró la risa floja.

–Anda que, ¡si al final va a resultar que fue buena idea llevarte conmigo a los bailes latinos!

CAPÍTULO 3

La tregua

No podía haber elegido un lugar mejor para su *brunch* con Felipe. La Petite Brioche tenía todo lo que a ella le gustaba: un ambiente *vintage* muy acogedor, comida de calidad y estaba en el centro. Además, era un sitio al que iba con asiduidad, las camareras la conocían y quedar ahí con su antiguo profesor era como jugar en casa. Estaba en un entorno en el que se sentía cómoda y eso hacía que los nervios no la invadieran del todo.

Felipe le había gustado desde que oyó por primera vez su voz a través de los cascos de la cabina de interpretación de la universidad. Estaban a mitad de curso y la profesora que les daba clase tuvo que coger una baja laboral por enfermedad. Recordaba haber entrado en el aula, haberse sentado en su sitio y quedado a la espera de escuchar la voz de Mónica. Sin embargo, y para su sorpresa, lo que llegó a sus oídos fue una voz suave y acaramelada pero a la vez varonil. Pasaron unos segundos hasta que levantó la mirada y se encontró con sus profundos ojos negros, pero en ese brevísimo instante en el que lo escuchó, cayó rendida a sus pies. Por no hablar de que los nervios hicieron que su interpretación fuera la peor de la historia.

Claro está, que era un amor platónico. O, al menos, lo fue al principio.

Nunca se planteó algo más que adorarlo desde la distancia. Su voz la encandilaba y sus ojos la hipnotizaban pero, sobre todo, lo admiraba. Admiraba su profesionalidad. Admiraba su ambición. Admiraba su inteligencia. Pero ya dicen que el amor es ciego… y, en su caso, nunca se percató de lo orgulloso de sí mismo que se encontraba.

Era un engreído. Un perfecto Narciso que solo veía sus virtudes y los defectos de los demás, pero se dio cuenta cuando ya fue demasiado tarde y el daño ya estaba hecho.

Alicia nunca olvidaría la noche en la que empezó a odiarlo. Y luego, sus hirientes palabras habían sido la guinda del pastel.

Ella, que había soñado toda su vida con convertirse en intérprete de conferencias y que pensaba que él la animaría a cumplir su sueño, había hecho todo lo contrario. Hacerlo trizas. Por Dios, era la que mejores notas sacaba de toda su clase, si ella no estaba preparada, ¿quién lo estaría? ¡Ni que fuera el único intérprete del mundo!

Había guardado muy mal recuerdo de él todos esos años y, en cierto modo, el odio que había empezado a sentir por Felipe la había impulsado más si cabe a mejorar y finalmente había logrado su objetivo.

Ahora, que se veía como una igual, se sentía capacitada para volver a hablar con él porque, a pesar del dolor en los años pasados, seguía sintiendo un hormigueo en el estómago cuando lo veía y no había podido resistirse a pasar más tiempo a su lado.

Le había pedido disculpas y había admitido su error. Uno de tantos. ¿Puede que no fuera tan malo como había creído?

Pronto lo sabría.

Todavía era temprano, así que se sentó en una mesa junto a la ventana y se pidió un café con leche para hacer tiempo. Dio un pequeño sorbo y, cuando el dulce líquido la reconfortó, trató de dejar la mente en blanco.

A pesar de no ser ya su profesor, Felipe Estévez seguía poniéndola nerviosa, si es que ese era el adjetivo que describía lo que sentía cuando estaba con él.

Felipe se había despertado temprano esa mañana y se había arreglado con esmero. Llevaba unos chinos azul marino y una camisa blanca. Siempre se sentía más seguro de sí mismo cuando tenía buen aspecto y, aunque él no era de los que se ponían nerviosos, el día anterior se había percatado de que la mera presencia de Alicia hacía que le temblasen las piernas. Quién lo hubiera dicho.

Lo cierto es que gran parte de esa seguridad en sí mismo, de ese egocentrismo, no era más que pura fachada. Un muro infranqueable que no permitía que nadie conociese al verdadero Felipe.

Pero Alicia le ponía nervioso. Igual que sabía que él la ponía a ella. A pesar de esa animadversión que parecía sentir por él, había algo más.

Algo que él también sentía. Algo que ya había sentido cuando escuchó su melódica voz a través de sus cascos. Algo que, como profesor y alumna, no podían permitirse.

Algo que había estropeado, entre otras cosas, con sus desafortunadas afirmaciones.

Suspiró mientras se terminaba de peinar el cabello húmedo. Arrepentirse no tenía sentido. El pasado no podía cambiarse. Por suerte, el futuro aún no estaba escrito.

Salió de casa y apresuró el paso. No quería llegar tarde y volver a cabrear a su antigua alumna.

Desde la calle vio que Alicia estaba sentada junto a la ventana, se pasó la mano por el pelo, cogió aire y entró decidido en el local. «Fuerza y honor», pensó. Si Alicia estaba guerrera otra vez, iban a hacerle falta.

–Buenos días, princesa.

Alicia levantó la mirada del café cuando escuchó su voz y no pudo evitar sonreír ante la frase de la afamada película de Benigni. Casi había olvidado lo cinéfilo que era.

–*Sayonara, baby* –respondió entre risas.

–Eh, ¿ya me estás echando? –exclamó Felipe al tiempo que se sentaba–, ¿o es que no se te ha ocurrido una frase mejor?

–Lo segundo –admitió a regañadientes mientras le hacía un gesto con la mano a la chica que estaba tras el mostrador para indicarle que ya podía tomarles nota–. Por lo visto la cafeína todavía no ha obrado su efecto y, teniendo en cuenta que los últimos días han sido la mar de moviditos...

–Uy, parece que eso va por mí.

–Voy a tener que reponer fuerzas. Yo tomaré otro café con leche, un zumo de naranja, el quiche de jamón y queso y un *muffin* de chocolate. –Esto último lo dijo dirigiéndose a la camarera que ya estaba junto a ellos.

–¡Fiuuuuuu! –silbó Felipe a lo que su antigua alumna respondió con una mirada asesina–. Yo quiero una Coca Cola y un pepito.

–Luego cuando veas mi *muffin* vas a querer… –murmuró Alicia pensando en voz alta.

–¿Eso crees? –preguntó esbozando una sonrisa.

–¡Pues claro! Te va a faltar el dulce…

–Pero si ya tengo a un bombón delante.

–¡Ay, por Dios! No me seas cutre y ahórrate los piropos de albañil –replicó molesta.

Felipe cerró la boca al instante. Estaba claro que no iba a conseguir nada con las tonterías con las que normalmente encandilaba a algunas chicas. Alicia no era una persona a la que le gustasen las palabras vacías y carentes de sentimientos y, además, de sobra sabía que hasta que no le pidiese disculpas como era debido no pensaba reírle ni una sola gracia.

Carraspeó para aclararse la garganta ante su escrudriñadora mirada.

–¿Quieres contratarme como compañero de cabina? –bromeó sin poder evitarlo para tratar de relajar el ambiente antes de aclarar las cosas.

Ella permaneció callada unos instantes pensando en si responder con una bordería o no. Finalmente sonrió y le dijo, condescendiente:

–Podría planteármelo. Ayer no lo hiciste mal del todo.

Le gustaba sentir que dominaba la situación. Que era la que tenía la sartén por el mango y, aunque casi le temblaban las manos al verlo sentado ahí frente a ella adulándola y tratando de ganársela, no pensaba ni por asomo dejar que lo notase.

–Está bien.

Hubo un silencio incómodo en el que ambos se miraron sin saber qué decir, hasta que Felipe tomó la palabra.

–Mira, Alicia, seré claro. Cuando en tu último año de carrera te dije que si no superabas tu inseguridad no llegarías a convertirte en una buena intérprete no pretendía disuadirte de intentarlo. –Alicia enarcó una ceja, incapaz de ocultar su recelo–. Lo digo en serio. Siempre pensé que eras la alumna con más posibilidades de conseguirlo. Eras la que mejores notas obtenías, de las pocas que se sacaba las castañas del fuego cuando no dominaba el tema y casi la única con una capacidad innata para transmitir el mensaje original con soltura pero…

–Siempre hay un pero.

–Así es. Y no lo digo para cabrearte. Eras muy insegura. Eras, con diferencia, la que mejor interpretaba de la clase siempre y cuando el resto de gente estuviera a lo suyo y tuvieras la certeza de que nadie te escuchaba. En cambio, cuando lo hacías para el resto de compañeros…, los nervios te comían. No es que lo hicieras mal –sacudió la cabeza–, siempre has sabido defenderte bien, pero tus interpretaciones bajaban de nivel, y un profesional no puede permitirse eso. En un congreso, en una rueda de prensa, en una reunión o en cualquier situación en la que tuvieras que interpretar ibas a tener gente escuchándote y tenía miedo de que eso te bloqueara.

Ella asintió. No podía refutar nada de eso. Todo era cierto. Palabra por palabra. Aun así, eso no era todo lo que la hacía sentir resquemor por dentro. Había más.

–Si hubiera sabido que mis palabras iban a hacerte daño nunca las hubiera pronunciado. Tienes que creerme. –La miró con ojos suplicantes.

Aguardó esperanzado. Tenía que perdonarle. Lo que acababa de decirle era cierto. Aunque, en el fondo, tenía la corazonada de que, por mucho que aquello le hubiera dolido a Alicia en su momento, su recomendación había surtido efecto.

Se había enfadado tanto con él que, en su empeño por darle en las narices, por demostrarle que estaba equivocado, se había esforzado lo indecible para superar ese obstáculo.

Si el precio que había tenido que pagar para que ella lograse su sueño era que le odiase, pues que así fuera. Aunque, claro, puede que no le odiase solo por eso, pero, ese otro suceso, sería mejor no recordárselo.

–¿Crees que si yo no te hubiera dicho nada, te hubieras esforzado tanto por convertirte en la intérprete que eres hoy?

–¡Pues claro que sí! ¿Por quién me tomas? Yo siempre quise ser intérprete. Mucho antes de conocerte –puntualizó.

–Yo no he dicho eso.

–Lo has insinuado.

–Solo digo que el hecho de que pensaras que yo creía que no lo conseguirías te hizo esforzarte más. Tenías tantas ganas de demostrarme que estaba equivocado...

–Vale... –admitió con desgana.

–Entonces, ¿vas a seguir odiándome por eso?

Alicia le ofreció la mano.

–¿Tregua?

–Tregua. –Hizo una pequeña pausa y luego sonrió,

burlón–: Y, siguiendo con el desayuno de trabajo, tu compañera de cabina, ¿cuánto tiempo dices que va a estar de baja?

Como Marisa, la compañera habitual de Alicia, tenía para largo con su baja y, ahora habían retomado la amistad o, al menos, la cordialidad, Felipe se convirtió en su nueva pareja de cabina. Le ponía nerviosa tenerlo cerca y seguía sintiendo cierto resquemor hacia él por otros asuntos del pasado, pero ¿dónde iba a encontrar un intérprete mejor que Felipe?

En ninguna parte. Eso lo tenía claro.

Disfrutaba teniéndolo a su lado porque era un excelente profesional. Estaba pendiente de ella y, si en algún momento se atascaba, él estaba ahí para pasarle una nota con las palabras que no le salían o frases que había olvidado.

Eso sí, no todo eran ventajas, pues lo cierto es que tenerlo tan cerca hacía que las interpretaciones fueran algo más complicadas de lo habitual, porque, claro, en un espacio tan reducido y pasando tantas horas juntos… A Alicia la presencia de Felipe le aceleraba el pulso.

Se sentía atraída por Felipe, por esos ojos oscuros que sabía que la observaban cuando ella trataba inútilmente de concentrarse, pero, además, lo admiraba por su talento y, para rematar, seguía sin fiarse del todo de él. Una curiosa mezcla de ingredientes que ella temía le estallase en la cara antes o después cual coctel molotov.

Tenía el presentimiento de que en el momento más inesperado le lanzaría en forma de dardo envenenado alguna crítica a su trabajo y temía el día en que llegara.

Eso hacía que se sintiera insegura, pero habían sellado una tregua y se había prometido a sí misma darle a su antiguo profesor otra oportunidad, así que se esforzó por centrarse en lo positivo que resultaba tenerlo a su lado.

Aunque la pusiera más nerviosa de lo que nadie nunca le había puesto.

No sabía si a él le pasaba lo mismo pero, si así era, lo disimulaba muy bien. Se le veía impasible. Recordaba a Felipe como un crack de la interpretación y, desde luego, seguía siéndolo. Todavía no le había pillado ni un solo error desde que trabajaban juntos. ¿Cómo es que un tipo como él no había intentado entrar en el cuerpo de intérpretes de la Unión Europea o de la Organización de las Naciones Unidas?

No era por falta de cualidades, eso seguro. Tomó nota mentalmente de preguntárselo algún día. Más adelante, cuando tuvieran menos cosas que echarse en cara...

Llevaban ya un par de semanas trabajando juntos y, al finalizar un congreso pesado y aburrido, Alicia sacudió la cabeza y suspiró aliviada.

—¡Por fin!

Felipe se giró hacia ella y no pudo evitar esbozar una sonrisa.

—Por lo visto tenías ganas de terminar...

Alicia asintió, estaba agotada.

—¿Tú no? Si esta conferencia ha sido un coñazo.

—Joder, Ali, qué fina. Pero, sí —concedió—, la verdad es que ha sido un auténtico *peñazo* —enfatizó la última palabra, sinónimo de la que ella había utilizado.

—No seas tan repelente. ¿Es que siempre tienes que ser perfecto? —preguntó molesta.

–Eh, creí que se había terminado la guerra.

–Sí –replicó mosqueada.

–Pues entonces no aproveches la más mínima oportunidad para empezar una batalla.

–Lo mismo digo –gruñó Alicia antes de cruzar los brazos sobre el pecho y mirarlo enfurruñada. Odiaba que al final él siempre tuviese la razón.

Felipe rio y se acercó a ella. Le puso la mano en el hombro, pero Alicia se apartó con fiereza.

–Vale, vale, ya veo que te has cabreado. Deberías dejar de ser tan susceptible a todo lo que te digo.

–Yo no soy susceptible a todo lo que me dices –repitió como una niña pequeña.

Alicia se calló al darse cuenta de que, efectivamente, así era. Cualquier cosa que Felipe dijera de ella, ya fuese a nivel personal o profesional le afectaba. ¿Por qué? ¿Volvía a sentir algo por él? ¿O es que nunca había dejado de sentirlo?

–Da igual, olvídalo. A lo mejor también es culpa mía, que parece que me gusta pincharte.

Al mirarlo a la cara, Alicia pudo ver en su expresión que lamentaba el pequeño enfrentamiento que, aunque tonto, había vuelto a crear una barrera entre ellos.

–Lo siento –se disculpó–. Estoy cansada y, aunque no es excusa, me malhumoro con más facilidad.

Esta vez fue Felipe quien le ofreció la mano:

–¿Tregua?

Alicia sonrió, tendiéndole también la suya:

–Será mejor que sellemos de una vez por todas la paz o seguiremos alternando la tregua con batallitas que no nos llevan a ninguna parte.

–De acuerdo.

Y, de repente, sin previo aviso y sin que ella se lo

esperara lo más mínimo, Felipe tiró con suavidad de su mano, la atrajo hacia él y le dio un cálido beso en la mejilla.

El mundo se paró en ese momento para Alicia.

Que alguien le diera un beso en la mejilla no era algo extraño. Al cabo del día, saludaba a mucha gente, a la mayoría con un par de besos, era de lo más habitual. Y no es algo que debiera hacer que un escalofrío recorriera su cuerpo, que fue justo eso lo que le sucedió.

Sintió como los carnosos y cálidos labios de Felipe se posaban sobre su mejilla izquierda para darle un beso lento y casto que, sin embargo, produjo en ella un sinfín de sensaciones.

Cuando se apartó, a Alicia le hubiera gustado llevarse la mano a la mejilla para retener las sensaciones que él le había provocado. El roce de su barba de dos días, el calor y la humedad de sus labios y, hasta su olor a Le Mâle, de Jean Paul Gaultier. Colonia que ya usaba cuando era su profesor y que, por lo visto, no había cambiado en aquellos años. Aspiró el olor refrescante de lavanda y menta y percibió las notas de vainilla y canela. Era una fragancia fuerte y extremadamente sensual: justo como él.

Nerviosa, por si su cara la delataba, desvió la mirada y se puso a recoger sus cosas.

Felipe se quedó quieto donde estaba, sin apartar los ojos de ella. Esto era lo más cerca que iba a volver a estar de su antigua alumna. Estaba seguro. Puede que la guerra hubiera terminado, pero había cosas difíciles de perdonar y, a ellos, todavía les quedaba alguno en el tintero.

Ojalá hubiera podido expresar en ese beso lo que empezaba a sentir.

Lo que siempre había sentido.

Recordó los años en los que le daba clase. Cómo se abstraía del mundo cuando la escuchaba a través de los cascos, con su voz dulce y melodiosa. Cómo sufría por ella cuando tenía que interpretar frente a sus compañeros. Cómo soñaba con ella por las noches y se enfadaba consigo mismo por sentir algo por quien no debía.

Y cómo la había besado el día de la cena de graduación...

CAPÍTULO 4

La graduación

La noche de la graduación del curso de Alicia era una noche que recordaría toda mi vida. Por lo que sucedió y por todo lo que vendría después.

Alicia había cambiado sus gafas por lentillas, y se había alisado su media melena con una plancha. Su cabello brillaba. Igual que ella. Llevaba un vestido azul claro que le quedaba por encima de la rodilla y que se ajustaba a la cintura con un fajín azul marino y lucía unos zapatos con un tacón de vértigo. Desde luego, su imagen era totalmente opuesta a la que acostumbraba a pasear en la facultad.

Solía parecerme demasiado alta y demasiado delgada, pero aquel día parecía una modelo sacada de una pasarela. Y sus ojos... era imposible no quedarse embobado en esos ojos color miel.

¡Joder! Si durante los casi tres años que le había dado clase ya me había costado sacarla de mis pensamientos, aquella noche fue imposible.

Tras una emotiva ceremonia de graduación, alum-

nos y profesores nos reunimos en el hotel Las Arenas, justo frente a la playa de la Malvarrosa para cenar y celebrar con una copa, dos, o las que fueran, que por fin eran licenciados.

Me senté en una mesa junto a mis compañeros, pero no podía evitar quitarle el ojo de encima a Mafalda. ¡Qué diferente estaba! Y no solo en lo que a su aspecto se refería, también se la veía más segura de sí misma. Eso fue lo que más me gustó, ver que por fin se valoraba sin ocultarse tras unas gafas o una camiseta ancha, ver que iba con la cabeza alta. Alicia valía mucho, pero tenía que creérselo.

Cuando empezaron a servir la cena, traté de concentrarme en la conversación de los otros profesores, sin obtener ningún resultado positivo. Solo podía pensar en una cosa.

Besarla.

Besarla.

Besarla.

Y, así, una y otra vez.

Cuando empezó la barra libre y bajaron las luces, me dije que era el momento. Fui a la barra y pedí un gintonic. *Me quedé allí, bebiéndomelo con calma, mientras esperaba a que la situación fuera propicia. Tampoco quería abordarla, delante de todo el mundo. Tenía que ser discreto, al fin y al cabo, era mi alumna.*

Alicia bailaba, bebía y reía, despreocupada. Y verla así hacía que la deseaba todavía más. En el fondo, sabía que llevaba deseándola desde el primer momento en que la había visto. Antes incluso de que la escuchase interpretar. Había algo en ella, en su aura, no sé el qué... pero había algo que me decía que esa chica era mi media naranja. ¡Si es que esa cursilada existía de verdad!

Di un último trago a mi copa y me puse en pie, al ver que se dirigía a una de las terrazas del salón. Sin pensarlo, caminé tras ella.

Se acercaron un par de alumnas que querían una foto de recuerdo, pero no estaba para bobadas. Les respondí escuetamente que más tarde y seguí a lo mío.

Al salir a la terraza, vi que estaba sola y me froté las manos. Esta era la oportunidad que estaba esperando.

—Alicia. —Mi voz, apenas un susurro, se perdió entre el sonido de la brisa marina, pero ella pareció sentir mi presencia y se giró en ese preciso momento.

—Felipe, ¿qué tal?

—Bien, ¿y tú? ¿Qué se siente al ser licenciada? —Desde luego, no me iban a dar el Óscar a Mejor Guion Original.

—Es una sensación extraña —explicó mientras se volvía y fijaba la vista en el mar—. Por un lado la satisfacción por haber llegado a la meta y por otra... —giró la cabeza hacia mí—, la incertidumbre. La nada.

—¿La nada?

Asintió.

—La nada. Hasta ahora siempre sabías qué venía después. La guardería, el colegio, el instituto y la universidad. Un mapa con un camino trazado.

—Pero has tenido que escoger por el camino.

—Es cierto —continuó, mientras yo permanecía mirándola ensimismado—, había varias opciones a lo largo del camino: ciencias o letras, qué carrera elegir, qué optativas... pero siempre había un camino, en cambio ahora... —Su voz se apagó.

La miré fijamente a los ojos.

—¿Es que no sabes qué rumbo tomar, Alicia?

—Sé adónde quiero llegar y tengo una brújula, pero no tener mapa da un poco de miedo.

Sonreí. Puede que Alicia fuera insegura, pero también tenía las ideas claras. Me gustaba el valor que era capaz de poner para superar sus miedos y cumplir sus sueños. En mi interior, deseaba que los cumpliese todos.

Al fin y al cabo, la comprendía muy bien, pues yo también tenía los míos.

—Y dime —me acerqué a ella un poco más—, ¿adónde quieres llegar?

—Quiero ser intérprete de las Naciones Unidas.

Su respuesta me dejó perplejo por varios motivos. Porque era un gran sueño, muy difícil de alcanzar, y... porque era casi idéntico al mío.

Coloqué mis manos sobre su cintura y la atraje hacia mí. Noté como se sonrojaba y eso me gustó, pero no puso ninguna resistencia a mis avances. Estaba seguro de que ella sentía lo mismo que yo.

Como llevaba un tacón alto, estábamos casi a la misma altura. Acerqué mi rostro al suyo y nuestras narices se rozaron. Podía sentir su respiración agitada sobre mi piel.

—Puedes lograr lo que quieras, Alicia.

—¿Lo que yo quiera? —murmuró entrecerrando los ojos.

Supe que esa pregunta no se refería solo al ámbito profesional.

—Lo que quieras.

No había terminado la frase cuando noté que sus labios entreabiertos tocaban los míos. Apreté mis ma-

nos sobre su cintura para pegarla todavía más a mí. Quería saborear su boca, pero sin dejar de sentir ni una sola parte de su cuerpo. Quería... quería... joder, qué difícil resultaba pensar cuando tenía entre mis brazos a la chica que llevaba deseando tanto tiempo.

Cerré los ojos y me olvidé del mundo.

De quién era yo.

De quién era ella.

Tenía un sabor dulce, a piña y Malibú. Mis labios recorrieron los suyos despacio. No tenía prisa. Quería detenerme en cada rincón de su boca, morder sus labios y acariciar su lengua con la mía.

Y, luego, quería hacer lo mismo con cada parte de su cuerpo.

Entonces, de golpe, algo me devolvió a la realidad.

Unas voces seguidas de unas risas. Mi mente recobró la capacidad y un millar de pensamientos se agolparon en mi cabeza. En apenas unos segundos, me di cuenta de lo que estaba pasando. Estaba besando a una de mis alumnas. Sí, apenas nos volveríamos a ver un par de veces más en la universidad, pues solo quedaban las revisiones y las tutorías de los exámenes. Ese no era el problema. Dejaría de ser mi alumna en unos días. El problema era que estábamos en fases muy diferentes.

Yo tenía un sueño y estaba a punto de cumplirse. No iba a abandonarlo para embarcarme en una relación. Había peleado mucho por él, había trabajado duro y pronto se haría realidad.

Había superado con creces los exámenes para ser intérprete en la Unión Europea y en septiembre me incorporaría a mi nuevo trabajo. Alicia, por supuesto, no lo sabía. Todavía no lo había dicho en la universi-

dad, aunque no tardaría en hacerlo. ¿Cómo íbamos a empezar una relación cuando me marcharía en apenas un par de meses? Era una locura.

Me aparté de ella con brusquedad. Alicia abrió los ojos y me miró sorprendida.

Me sentí mal en ese mismo momento. Sabía que lo que iba a hacer sería el mayor error de mi vida, pero era ambicioso y quería cumplir un sueño y no iba a permitir que nada ni nadie se interpusiera en mi camino. Ni siquiera esa persona que, sin yo saberlo, ocupaba muchas más horas de mis pensamientos que cualquier objetivo profesional.

Pero yo tenía grandes metas y pensé que Alicia no haría más que entorpecer mi camino. Ella tenía el mismo objetivo que yo, sin embargo, todavía le quedaba mucho por recorrer.

—Lo... lo siento Alicia. —Di un paso atrás para alejarme de ella. Si permanecía cerca, no podría hacerlo.

Me miró sin comprender.

—Olvida lo que acaba de pasar. No tendría que haber pasado. Ha sido...

La expresión de su cara cambió por completo al entender lo que le estaba diciendo.

—No sigas —me respondió con frialdad—. No tienes que seguir recitando esa ristra de frases hechas. Creía que eras más original.

Estaba enfadada. Muy enfadada.

—Alicia, por favor, yo...

Pasó por mi lado sin dirigirme la mirada, se paró justo antes de entrar al salón de nuevo y se giró hacia mí.

—Felipe, hay algo que deberías saber. Eres el mejor profesor de interpretación que he tenido y sé que todo

lo que me has enseñado en tus clases me será de mucha utilidad en el futuro –hizo una pequeña pausa y, luego, sonrió. Yo suspiré aliviado, pensando, ingenuo de mí, que no me guardaría rencor–, *pero en lo personal, tengo que decirte que: ¡eres un capullo!*

Apretó los puños para contener la rabia, se dio media vuelta y desapareció entre la gente ante mis atónitos ojos.

Me llevé la mano a la frente. Un capullo. Desde luego que lo era. Llevaba soñando con esa chica desde que la había visto entrar en mi clase y ahora que la tenía al alcance de mi mano, lo mandaba todo al cuerno.

Un capullo integral.

Fui a la barra y pedí otra copa. Ahora la necesitaba de verdad.

Alicia siguió bailando y riendo, como si nada hubiera sucedido. La observé durante dos largas horas y no se volvió a mirarme ni una sola vez. Al menos, yo no me di cuenta. Apuré el último sorbo de mi cuarta copa y dejé que el alcohol hiciera mella en mí. Estaba medio borracho, sabía que la había cagado, pero todavía tenía una oportunidad de arreglarlo.

Me puse en pie y caminé hacia ella decidido.

Cuando estaba llegando hacia donde estaba con sus amigas vi que no era el único que la buscaba. Otro se me había adelantado.

Era Rodrigo, un chico de su misma clase, alto, moreno y que, a juzgar por como lo solían mirar mis alumnas, resultaba muy, muy atractivo. Era el típico chico malo. Se acercó a Alicia por detrás y la cogió por la cintura. Ella se giró para ver quién era y, estoy convencido, de que también me vio a mí. Le sonrió melosa y se dejó acariciar mientras bailaban. Estuvieron así un buen rato, hasta que vi que él le susurraba algo al oído, ella asintió, le cogió de la mano y se dirigieron a la misma terraza en la que habíamos estado nosotros antes.

Cuando estaban saliendo, Alicia se giró hacia mí y movió los labios, pronunciando con claridad el insulto de tres sílabas que ya me había propinado antes.

CA-PU-LLO.

Ninguna otra palabra me definía mejor en aquel momento.

CAPÍTULO 5

Por Real Decreto

—¿Quieres que vayamos a tomar algo? —soltó abruptamente Felipe sin pensarlo cuando salían del Palacio de Congresos.

El destino había vuelto a ponerle a Alicia en su camino y tenía que intentarlo. Sabía que no iba a ser fácil que le perdonara todo lo ocurrido entre ellos dos en el pasado, una cosa era que mantuvieran una relación cordial y trabajasen juntos e, incluso, pudieran llegar a ser amigos de verdad y otra era que quisiera algo más.

Alicia entrecerró los ojos, mirándolo con desconfianza.

Él, sabedor de que si le daba importancia, todavía tendría menos posibilidades, respondió:

—¿No me digas que no estás agobiada y con la cabeza embotada después de este coñazo —le sonrió al pronunciar la última palabra— de congreso? Seguro que picar algo y tomarnos una copa nos vendrá bien.

Ella siguió callada.

—No te estoy pidiendo que te cases conmigo, Ali.

–Lo sé, pero es que una cosa es trabajar juntos, incluso quedar a desayunar, pero esto...

–Estoy convencido de que con otros compañeros sí saldrías a tomar algo –se acercó peligrosamente a ella, aunque sin llegar a tocarla–, ¿de qué tienes miedo?

Alicia se apartó de él y se dirigió hacia la boca del metro.

«De ti. Tengo miedo de que vuelvas a hacerme daño», pensó mientras aceleraba el ritmo para dejarlo atrás.

Felipe corrió tras ella y la cogió del brazo justo cuando estaba a punto de empezar a bajar las escalerillas.

–¿Tan malo soy? –La miró con ojos suplicantes–. Te prometo que no pasará nada.

–Por supuesto que no pasará nada, Felipe, no hace falta que me lo digas. ¿Qué crees que habría de pasar porque saliéramos juntos a tomar algo?

Felipe no expresó con palabras lo que deseaba que sucediera si salía con ella esa noche, pero su mirada debió delatarlo porque, de pronto, Alicia se soltó el brazo con brusquedad y le miró enfadada.

–Oh, ya entiendo –dijo sarcástica–, ¿creías que iba a volver a caer rendida a tus pies, verdad?

–¿De qué hablas? –preguntó como si nada, aunque sabía muy bien de qué estaba hablando.

–Ya no soy la niñita que estaba enamorada platónicamente de su profesor, Felipe.

–¿Platónicamente? –Rio irónico–. Por favor, Alicia, yo también estaba ahí y sé muy bien lo que sentías por mí.

–¡Maldito engreído! –resopló dándole un empujón–. ¿Creías que iba a seguir bebiendo los vientos por ti después de lo que me hiciste? ¡He hecho mi vida y no necesito para nada que vuelvas a meter las narices en ella!

—¿Ah, no? Pues yo diría que te he salvado unas cuantas veces en la interpretación de hoy. —Había tratado de mantener la calma, pero ella había conseguido sacarlo de sus casillas—. Por lo visto, no eres tan buena como te crees.

Alicia abrió los ojos como platos.

—Sigues siendo un capullo —masculló entre dientes.

—¿Qué has dicho? —inquirió él con rabia.

—Lo que ya te dije una vez. Que eres un capullo. CA-PU-LLO, ¿te ha quedado claro? —siseó, conteniendo las ganas de llorar.

—¡Y tú no eres más que una cría que todavía no ha madurado!

—Pues esta cría quiere que la dejes en paz —espetó—. ¡Olvídate de seguir siendo mi compañero de cabina!

—Me temo que eso no es cosa tuya, Alicia. —Felipe se pasó la mano por el pelo, en un gesto que delataba su nerviosismo. No era así como había esperado que terminase la conversación—. Marisa me pidió que la sustituyese como tu pareja de interpretación y es lo que voy a hacer. En realidad no está en tu mano tomar esa decisión.

—Muy bien, ya veremos quién ríe el último. —Se alejó de la boca del metro y, parándose en la esquina de la calle, levantó la mano y paró un taxi.

Felipe, perplejo, observó como su antigua alumna se subía al vehículo y este emprendía la marcha. Tendría que haber contenido su genio, pero no soportaba que ella la tomara con él a la más mínima ocasión. ¿Qué se había creído? ¿Doña Perfecta? Desde luego, Alicia había dejado las inseguridades a un lado.

Después de esta batallita, alcanzar la paz con ella se le antojaba algo imposible.

El taxi se detuvo en la calle Cuba. Marisa, su compañera de cabina, vivía en un ático en una finca rehabilitada junto a su marido Jaime. El portal estaba abierto, así que pasó directa, cogió el ascensor y subió al séptimo piso. Se plantó en la puerta de casa de su amiga donde, enfadada, llamó una y otra vez al timbre con insistencia.

Se oyeron unos pasos apresurados, el crujir de la mirilla y, finalmente, el sonido de la manivela.

Su amiga, en pijama, despeinada y con no muy buena cara, le abrió la puerta.

–¿Se puede saber por qué te presentas aquí sin avisar? –espetó Marisa de malos modos, sin moverse de la puerta ni hacer ningún gesto que la invitase a entrar.

–Y, ¿se puede saber por qué me colocas a Felipe como compañero de cabina por Real Decreto cuando sabes el pasado que tenemos? –replicó Alicia alzando los brazos al aire exasperada–. ¡Al menos podrías haberme avisado para que cuando me lo encontrara el primer día no me diera un síncope!

–¡Felipe es el mejor! Ni loca iba a dejar que me sustituyera alguien que interpretase por debajo de su nivel...

–Por Dios, ni que fuera el único intérprete sobre la faz de la tierra.

–El único que considero que puede hacer el trabajo a mi nivel –insistió.

Alicia rio irónica.

—¡Venga, ya te ha vuelto a poseer el espíritu de Paris Geller!

Marisa la miró con los ojos muy abiertos y, haciéndose la ofendida, le respondió:

—Es posible que yo te recuerde a Paris, ¡tal vez porque tú te sientes muy identificada con Rory Gilmore! ¿Dónde te has dejado a Lane?

—En serio, Marisa, se te ha ido la olla. No metas a Lidia en esto.

Su compañera de cabina se cruzó de brazos y, enfurruñada, asintió, antes de añadir:

—Has sido tú la que ha empezado a hacer referencias a las Chicas Gilmore. Y de un modo nada amable. Paris era un personaje odioso.

Alicia, suavizó el gesto y no pudo evitar soltar una carcajada. Puede que Paris le pareciera insoportable a Marisa, quizás porque, aunque no quisiera admitirlo, se veía reflejada en ella en muchos aspectos.

—Anda, pasa —Marisa se hizo a un lado y la dejó entrar—. ¡Santiiiiiiiiiii! Prepáranos un par de cafés, por favor, y el mío descafeinado.

Alicia enarcó una ceja al escuchar el término «descafeinado». Pese a que su amiga era de lo menos tranquilo que conocía, no la había visto tomar algo que no llevase cafeína en su vida. Nunca se llevaba botellas de agua a las interpretaciones, iba cargada con latas de Coca Cola y antes y después de trabajar solía tomarse un café en algún bar cercano a donde fueran a interpretar. Allí había gato encerrado.

Se sentaron sobre el sofá de piel blanca que presidía el moderno y luminoso salón. La casa estaba hecha a imagen y semejanza de su amiga Doña Perfecta: pulcra y muy cuidada, como Marisa.

¿Cómo Marisa?

Desde luego, no como la Marisa que tenía enfrente. La habitual media melena rubia perfectamente alisada lucía enmarañada y un tanto sucia, su aterciopelada y blanca piel estaba apagada y verdosa y su esbelta figura... ¿esbelta?

–Marisa, ¿estás embarazada y no me lo habías dicho? –exclamó tras dejarse caer en el *chaise longue*.

La interpelada se sentó junto a ella y sonrió con la boca pequeña.

–Pero ¿por qué no me lo habías dicho? ¿Va todo bien?

Marisa se pasó la mano por el pelo y luego se acarició, nerviosa, la barriga.

–Tuve algunas pérdidas al poco de enterarme y me han recomendado reposo, todo pasó el día de antes de la interpretación de Joomla. Me asusté muchísimo, creía que lo iba a perder, pero de momento todo va bien. Estaba tan alterada que no se me ocurrió avisarte primero –se excusó–. Lo cierto es que ni siquiera quería quedarme embarazada, al menos no tan pronto, pero al enterarme...

–¡Joder, Marisa! Entiendo que lo habrás pasado fatal, pero igual que lo llamaste a él para pedirle que se hiciera cargo de tus trabajos podías habérmelo dicho a mí.

Santi se acercó a ellas y depositó la bandeja con el café sobre la pequeña mesa auxiliar de cristal. Se sentó al lado de su mujer y le pasó el brazo por los hombros.

–Alicia... –carraspeó–, verás, es que no queríamos que nadie lo supiera. Felipe sabe que Marisa está de baja, pero no conoce el motivo. No queríamos decir nada por si... por si... –Su voz se apagó poco a poco y su mirada se ensombreció.

—Por si perdíamos al bebé –concluyó su amiga–. No quería decirte nada hasta que no entrase en el segundo trimestre, pero, claro, te has presentado aquí, echándome la bronca como una loca y, bueno –volvió a acariciarse la barriga con una sonrisa de satisfacción–, ya se me nota un poco, ¿verdad?

Alicia la miró y no pudo evitar sentirse mal por haberla avasallado de aquel modo.

—¿Progresa adecuadamente?

Ambos asintieron satisfechos.

—La semana que viene cumplo doce semanas, así que supongo que si la ecografía sale bien podremos relajarnos.

—¡Genial! –Alicia no pudo evitar que de su boca saliera un chillido alborozado, aunque no pensaba que su amiga fuera a relajarse. No había estado relajada en toda su vida–. Entonces, ¿solo tengo que aguantar a Felipe una semana más? ¿Hasta que hagas las doce semanas?

Marisa la miró sin atreverse a responder.

—¿Por qué no dices nada?

—Esto... porque...

—Marisa, ¿por qué coño no dices nada? –murmuró irascible Alicia.

—En realidad, me han recomendado reposo todo el embarazo. Así que vas a tener que soportarlo los seis meses restantes hasta que dé a luz, las dieciséis semanas de baja...

Alicia se puso en pie de un brinco.

—¿Te has vuelto loca? Eso es un año. ¡No puedo pasarme un año teniéndolo día sí y día también a menos de medio metro de distancia. ¡¡No puedo!! Además –añadió depositando en eso todas sus esperanzas–, ¡los autónomos no tenemos baja!

–Me temo que yo voy a tenerla. Así que, o te dedicas a otra cosa o no veo cómo vas a hacerlo.

–Joder, Marisa. Eres mi amiga. O se supone que lo eres. Fuimos juntas a la universidad y sabes muy bien todo lo que pasó, ¿cómo se te ocurrió pensar que podía ser mi pareja de interpretación?

–Siempre os habéis compenetrado muy bien. Sois adultos. No veo el problema.

Alicia se puso en pie, se bebió el café de un trago, y se dirigió de nuevo a la puerta.

–El día que nuestra incompatibilidad traspase lo personal y hagamos una interpretación de mierda ante un cliente tuyo te acordarás de mis palabras y te arrepentirás de haberme obligado a compartir cabina con él.

Dicho esto, salió dando un portazo y, más furiosa si cabía que antes de llegar, paró otro taxi y se dirigió a su casa, donde decidió emular a Bridget Jones.

«Elijo el vodka. Y Chaka Khan».

CAPÍTULO 6

Resacón en Valencia

Si algo tuvo claro Alicia cuando se levantó aquella mañana y vio su reflejo al otro lado del espejo fue que no estaba en el País de las Maravillas sino en el de la Resaca. La imagen que el objeto le devolvía no era ninguna fantasía, sino la triste realidad fruto de las cantidades ingentes de vodka que había consumido la noche anterior. Tampoco había duda de que no tenía ningún antepasado ruso, pues su cuerpo no se sentía nada bien después de haber ingerido el infernal líquido. Y, lo peor de todo, es que se sentía exactamente igual de mal que el día anterior.

¿Igual? No. Peor.

Mucho peor. No solo tenía la peor resaca de su vida, sino que iba a tener que pasearla delante de él. Estaba horrible: su piel, que solía tener un ligero tono bronceado, estaba cetrina y bajo los ojos tenía dos surcos tan grandes y oscuros que la palabra «ojera» se quedaba corta. ¡Era un mapache! Por no hablar de su aliento... ¡puag!

La cabeza todavía le daba vueltas, pero se metió en la ducha a toda prisa y se sumergió bajo el chorro de agua caliente deseando sentirse mejor. Por desgracia, no lo logró. Un escalofrío recorrió su cuerpo. Estaba destemplada y le dolía la cabeza, sin embargo, no podía hacer otra cosa que arreglarse lo mejor posible y tratar de disimular su demacrado aspecto.

Se maquilló como una puerta y, aun así, se le notaba la mala cara. Su pelo, a pesar de ser liso, había decidido rebelarse y no se quedaba en su sitio ni a base de plancha, así que lo recogió en una tirante cola de caballo, se puso el traje de chaqueta y un pañuelo al cuello, cogió los trastos y, dando un suspiro, salió de casa encomendándose a los dioses. A todos. Presentía que un único Dios no iba a ser suficiente.

Felipe interrumpió por tercera vez la interpretación de su compañera de cabina para hacerse cargo él. Detestaba hacer eso, pero lo de Alicia aquella mañana era un desacato: se perdía, se trababa, se quedaba callada... ¿Qué cojones le pasaba? La miró con enfado y ella apartó la mirada, se quitó los cascos y apoyó la cabeza sobre la mesa, ignorando el hecho de que él estaba haciendo su trabajo, y se quedó medio dormida. Ahora no podía decirle lo que pensaba de esa chiquillada, pero en cuanto terminase el congreso y pudieran hablar, ¡le iba a oír!

Dio la cara por ella toda la mañana y, como consecuencia, estuvo interpretando ¡casi cuatro horas del tirón! En vez de turnarse periodos de treinta minutos, él había hecho todo el trabajo. Iba a explotarle la cabeza y le dolía la garganta. Por no hablar del cabreo que llevaba. Después del numerito que le había montado ayer en plena calle, esto era lo que faltaba. Tradujo las últimas palabras del ponente y arrojó los cascos sobre la mesa, furioso.

—¿Qué es lo que pretendes, Alicia? —estalló cabreado—. ¿Espantarme para que no vuelva a interpretar contigo? Te advierto desde ya que no lo vas a conseguir con esa técnica, aunque es probable que pierdas algún cliente en el camino. De hecho, si no te llego a cubrir hoy, estoy seguro de que eso es justo lo que habría pasado.

Ella lo miró sin responder. Abrió el bolso, sacó un ibuprofeno y tras dar el último sorbo a su botella de agua, se lo tomó. ¡Ojalá hubieran perdido un cliente! Marisa lo tendría merecido.

—¡Quieres no ignorarme! Joder, Alicia, me he dado una paliza para salvarte el culo y ¿ni siquiera eres capaz de responderme? ¿Se puede saber qué te pasa?

—Gracias —replicó como una autómata—. Y lo siento. No volverá a pasar.

—¡Claro que no volverá a pasar! A menos que quieras tirar tu carrera por la borda —gruñó—. Lo que quiero es saber qué ha pasado hoy.

—Vodka —replicó Alicia simple y llanamente.

Felipe la miró sin comprender.

—Vodka y Chaka Khan —explicó.

—¿De qué coño hablas?

—De nada, Felipe, de nada... —suspiró. No tenía fuerzas para discutir con él. Se puso en pie, recogió sus cosas y pasando a su lado sin siquiera rozarlo fue directa a abrir la puerta de la cabina. Tiró de ella sin éxito. Forcejeó un poco con el pomo, pero la puerta no se abría. Empezó a pelearse con la puerta y sintió como el nerviosismo invadía su cuerpo.

Alicia se pasó un buen rato tratando de abrirla hasta que se dio por vencida. De muy mala gana se giró hacia Felipe, que la observaba entre divertido y exasperado.

–¡No se abre! –gritó nerviosa.

Él la miró sin responder. Menudo día llevaban. Estaba claro que no era un buen momento para sentarse a hablar de sus diferencias.

–¡Felipe! ¡Joder! ¿No me has oído? No puedo abrir la puerta. –De tan nerviosa que estaba de un momento a otro empezaría a hiperventilar. La cabina era muy pequeña. Mucho. Y tenía a Felipe demasiado cerca. Podía sentir su aliento. Podía oler su colonia. Podía... Joder, tenía que dejar de centrarse en lo cerca de ella que estaba. Llevaban toda la mañana metidos en aquel cubículo, ¿por qué empezaba a percatarse de todas esas cosas ahora? Sentía que le faltaba el aire.

–¿Qué quieres que haga? –Felipe probó inútilmente a abrir la puerta, pero lo único que hizo fue confirmar que alguien la había cerrado desde fuera–. Han cerrado con llave.

–¿Qué? –Alicia sintió que empezaba a marearse.

–Está cerrado por fuera. Será mejor que nos tranquilicemos –murmuró poniéndole una mano sobre el hombro.

Aquel gesto, que se suponía tenía como objetivo proporcionarle calma y paz no hizo sino incrementar el nivel de nerviosismo que ella llevaba acumulando desde su discusión la tarde anterior.

–No me toques. –Se apartó como si alguien hubiera presionado un resorte, pero él, lejos de mantener la distancia de seguridad volvió a acercarse a ella y, esta vez la acorraló sobre el escritorio de la cabina de interpretación.

—Felipe, apártate, lo digo en serio.
—No.

Ella giró la cara para no mirarlo, pero era imposible no sentir su presencia a su alrededor. Las manos de su antiguo profesor sobre su cintura. Sus piernas rozando las suyas. Y sus ojos mirándola fijamente. No los veía, pero sentía su inquisidora mirada sobre ella.

—Apártate, por favor –suplicó.

—¿Por qué? ¿Es porque me detestas y no puedes soportarme? –Sonrió con malicia–. O quizás, lo que no puedes soportar es sentirme tan cerca de ti.

Alicia se mantuvo firme en su decisión de no mirarlo. Y, esta vez, no fue capaz ni de contestarle.

Felipe la sujetó con fuerza de la cintura y, en un hábil gesto, la sentó sobre la mesa, le sujetó las muñecas a la espalda y se colocó entre sus piernas. Pegando su cuerpo al de Alicia.

—¿Es esto lo que te crispa tanto el humor? ¿Por qué no reconoces que sigues sintiendo algo por mí? –le susurró al oído.

—Yo-no-siento-nada.

—Venga, Alicia, no me jodas. –Felipe se acercó a ella y presionó suavemente sus labios contra los suyos–. ¿No sientes nada?

Un escalofrío recorrió el cuerpo de la joven, que, pese a que su expresión decía lo contrario, se apresuró a negarlo:

—Nada.

—¿Cuál es el problema? ¿Que te dije que no llegarías a convertirte en una buena intérprete? –inquirió Felipe antes de darle otro delicado beso–. O ¿es por la noche de la graduación? –le dio otro beso, y luego otro, y otro...

Alicia entreabrió los labios y dejó que la boca de Felipe se aferrase a la suya.

—¿Es eso? —preguntó al tiempo que separaba su boca de la de ella para coger aire.

Ella no le respondió, en cambio, fue su boca la que dio la réplica, devorando los labios de Felipe con los suyos y haciéndose dueña de ese beso que llevaba años anhelando.

—Te has convertido en una gran intérprete —murmuró Felipe separándose de ella y rompiendo el momento—. Y respecto a la graduación... ya somos adultos. ¿No podemos empezar de cero?

Alicia abrió los ojos y lo miró con rabia. Seguía enfadada. No había conseguido ni olvidarlo, ni perdonarlo con el paso de los años. No lo sucedido aquella noche.

—No. No podemos.

—Tus labios no me dicen lo mismo.

Alicia se apartó de él con brusquedad y, al fijar su mirada en Felipe, vio que en su cara se leía la decepción.

—¿Por qué no puedes perdonarme? —insistió, dolido—. Sé que fui un capullo, pero ha pasado mucho tiempo. La gente cambia y yo lo he hecho —afirmó—. Además, sigo sintiendo algo por ti —susurró mirándola con sinceridad.

Las lágrimas asomaron a los ojos de Alicia.

—Lo siento, pero no puedo. Puedo perdonarte lo que me dijiste después de la revisión de aquel último examen. Puedo perdonarte y ser tu compañera de cabina. Podría perdonarte y llegar a ser tu amiga. Pero no esperes que sea nada más que eso, porque no puedo perdonarte lo que hiciste la noche de la graduación.

—Pero, ¿por qué? —repitió.

Alicia cerró los ojos para evitar que las lágrimas corrieran descontroladas y, al hacerlo, las imágenes de lo que había sucedido al terminar la fiesta de graduación invadieron sus pensamientos.

Antes de que fuera capaz de proferir una respuesta, se escuchó el sonido de una llave abriendo la puerta y se separaron de golpe.

–Disculpad –se excusó la mujer de mediana edad que acababa de abrirla y que, aunque fingiera lo contrario, había visto más de lo que le hubiera gustado ver–. ¡No sé a qué cabeza hueca se le ocurre cerrar una cabina de interpretación con gente dentro!

–No se preocupe, apenas habrán sido cinco minutos. –Le restó importancia Felipe.

La señora respiró aliviada.

–Cuando pille al insensato que lo ha hecho, le va a caer una buena. ¡Imagínense que no llego a pasar por aquí para comprobar que todo está en orden! Se hubieran quedado encerrados toda la noche.

«Toda la noche encerrada. Con Felipe. En esta minúscula cabina. Sin poder ponerme a salvo de sus besos, sus caricias y de la atracción que posee sobre mí», pensó Alicia. Un escalofrío recorrió su cuerpo. No tanto por los pensamientos que la invadían, sino por el mal cuerpo que se le había quedado por culpa de la «juerga» de la noche anterior.

–Bien. Pues si ya está todo en orden, yo he de irme.

Pasó corriendo al lado de la buena mujer que la observó atónita. Felipe la siguió con la mirada y, al cabo de un par de segundos, salió tras ella a toda prisa. Tenía que alcanzarla.

O zanjaban de una vez por todas sus asuntos del pasado, o no podrían avanzar.

Mientras corría tras ella, deseó tener un Delorean y poder volver al pasado. Algo que él no sabía, había sucedido aquella noche. Por desgracia, no era Marty Mc Fly y no podía cambiar las cosas, pero tenía que averiguar lo que había ocurrido y conseguir que lo perdonase.

No era ningún gallina.

CAPÍTULO 7

REGRESO AL PASADO

Alicia sintió como alguien la agarraba del brazo y como una fuerza tiraba de ella obligándola a detenerse. No quiso darse la vuelta, pues sabía perfectamente quién era el dueño de esa mano de largos dedos.

–Déjame en paz –siseó furiosa–. ¿Es que no me has hecho ya suficiente daño?

–Por favor, Alicia, deja de comportarte como una cría. No quiero hacerte sufrir, solo quiero arreglar las cosas.

La atrajo hacia él y la abrazó con fuerza. Alicia se resistió. No quería sentirle tan cerca. Eso solo lo empeoraba todo. Le impedía mantenerse firme. Sabía que si sus labios volvían a rozar los suyos no tendría escapatoria. Estaría vendida.

–Felipe, no insistas… –Su voz había sonado débil y supo, al girarse y mirarlo a los ojos, que iba a hacerlo de nuevo–. No –suplicó.

Él la soltó despacio. Quería que le perdonase y no quería obligarla a hacer algo que no quisiera, pero sentía que todo se solucionaría si la besaba. Como en los cuentos de hadas. Como en las películas. Un beso de amor verdadero.

Se apartó un poco.

–Está bien, cómo quieras, no volveré a insistir –murmuró cabizbajo y dolido–. Déjame al menos que te lleve a casa. Estás nerviosa y cansada, sé que has venido en tranvía y amenaza lluvia. Por favor, ¿dejarás que te lleve en coche?

Alicia asintió. Ya no tenía fuerzas para oponerse a nada más.

Caminaron en silencio hasta el aparcamiento de la Universidad Politécnica, donde habían interpretado aquel día. Cuando llegaron, Alicia observó curiosa como Felipe sacaba unas llaves del bolsillo y pulsaba el mando para abrir las puertas de su vehículo. Miró a su alrededor, esperando a ver a qué coche se le encendían las luces y le sorprendió, para bien, ver que no era un BMV o un Audi, sino un pequeño Smart.

Esbozó una diminuta sonrisa que hizo desaparecer con rapidez cuando creyó que él la veía.

–¿Qué pasa?

–Un Smart.

–Sí, ¿tienes algún problema con los coches pequeños?

–En absoluto –respondió mientras se subía al asiento del copiloto.

Él se encogió de hombros y, mientras ponía el coche en marcha y fijaba la mirada al frente, comentó, como quien no quiere la cosa.

–Es que resulta más fácil aparcar.

Valencia estaba colapsada a esas horas de la tarde y, para empeorarlo, una fina llovizna apareció, trayendo con ella un caos absoluto en la ciudad.

–¡Joder! –masculló entre dientes Felipe al tiempo que pegaba un frenazo.

Cuando llovía era imposible circular por Valencia.

Alicia presionó el botón de desempañado. El fresco que estaba empezando a hacer fuera contrastaba con el calor del interior del vehículo y dificultaba la visibilidad.

–Ya sabes lo que pasa. Aquí no estamos acostumbrados al mal tiempo y, aunque solo caigan cuatro gotas, todos nos lanzamos en picado al coche –murmuró, pensando que incluso ella misma lo había hecho, al acceder a que él la llevase–. Por lo visto no somos capaces de caminar bajo un paraguas.

–Voy a tardar siglos en dejarte en casa, lo siento – profirió sin desviar la mirada de la conducción.

–No te preocupes, con la lluvia el tranvía hubiera estado abarrotado de gente, te lo agradezco.

–¡Vaya, hombre! ¡Por fin hago algo bien! –El tono irónico salió de su boca casi sin quererlo, pero no pudo evitarlo.

Llevaba días intentando hacer las cosas con corrección, pero con ella todo resultaba muy complicado. Le daba la sensación de que cuando conseguía enderezarlo todo un poco, volvía a torcerse irremediablemente. O, quizás, Alicia torcía ella misma las cosas en su empeño de no dejarle abrirse camino en su vida.

Estaba tan ensimismado con sus pensamientos que no se dio cuenta de que el semáforo al que se acercaban se había puesto en rojo hasta que lo tuvo justo encima. Dio un frenazo en seco y...

¡Pam!

El coche que venía detrás se los comió.

Por suerte no fue un golpe fuerte, porque circulaban

despacio, pero sí lo suficiente para dejar tocada la carrocería del pequeño vehículo.

–¡Joder, joder, joder! Esto es lo que me faltaba para rematar el día. –Felipe se inclinó por encima de Alicia para abrir la guantera y sacar la documentación a toda prisa y ella contuvo el aliento al sentir el peso de su cuerpo sobre sus piernas–. Lo siento, vamos a tardar todavía un poco más. Tengo que hacer los papeles.

Felipe se las ingenió como pudo entre el caos para detener el coche a un lado de la calzada, puso la señal de emergencia y bajó para cumplir con las formalidades que un «toquecito» de ese tipo conllevaba.

–¿No llevas paraguas? –inquirió Alicia.

–No –replicó malhumorado antes de salir del vehículo dando un portazo.

Al cabo de un rato, volvió a entrar en el coche. Estaba empapado de arriba abajo. La lluvia había ido cogiendo fuerza y, aunque apenas habían sido unos minutos, le había calado hasta los huesos. De debajo de la ropa sacó los papeles, que había guardado para evitar que se mojaran, y los dejó caer sobre Alicia. Dio un gruñido, y arrancó el coche.

–Felipe…

–¡No me hables, Alicia! No estoy de humor. Esto solo es el colofón a un día maravilloso. –Las circunstancias se habían apoderado de Felipe y sus buenos propósitos habían quedado ahogados bajo la lluvia.

–¡Deja ya de utilizar ese tono sarcástico! –le gritó Alicia, molesta–. No lo soporto. Has sido tú el que te has ofrecido a llevarme, no me eches las culpas ahora.

Felipe la ignoró y condujo en silencio. Treinta minutos más tarde estaban en la puerta de casa de Alicia.

Vivía junto al centro comercial Arena en un pequeño y moderno loft que se había comprado hacía unos años, cuando asumió que era mayor para vivir con sus padres y que no se iba a ir de casa para vivir en pareja con nadie.

–Siento mucho todo lo que ha pasado hoy –le dijo Felipe a modo de disculpa, ahora que su genio volvía a estar bajo control–, espero que a partir de ahora seamos capaces de dejar a un lado nuestras diferencias y volver a trabajar juntos como sabemos hacerlo.

La mirada cabizbaja de su antiguo profesor y el tono de voz que había empleado hicieron a Alicia mirarlo con otros ojos. Los sentimientos que Felipe provocaba en ella eran demasiado intensos y le resultaba muy difícil permanecer a su lado y trabajar como si nada. Mientras Marisa no regresase, las cosas iban a ser muy complicadas para ella, pero era una adulta y como tal debía comportarse. O, al menos, eso era lo que se repetía a sí misma.

No pudo evitar fijarse en lo empapado que iba su compañero y se sintió, en cierto modo, culpable.

–¿Por qué no metes el coche en mi garaje y subes a secarte un poco? Así vas a coger una pulmonía –ofreció con amabilidad.

Él la miró con sorpresa.

–¿Crees que es buena idea?

–Sí. No quiero tener otro compañero de cabina de baja. –Bromeó para quitarle hierro al asunto, pero lo cierto era que había pronunciado las palabras muy a la ligera y ahora no estaba segura de cómo iba a gestionarlo.

Felipe metió el coche en el garaje y aparcó en la plaza de Alicia, que estaba vacía.

–Venía incluida con el piso, pero como yo no tengo coche… –comentó ella a modo de explicación.

Subieron en ascensor hasta el piso de Alicia y entraron en su casa. De estilo nórdico y decorado con muebles de líneas blancas y de madera, aunque pequeña resultaba muy acogedora. A la derecha, había una pequeña y moderna cocina que quedaba oculta por unos paneles, a la izquierda el baño y un diminuto habitáculo que ella había reconvertido en lavandería y al fondo el salón, que estaba presidido por una enorme cristalera que llegaba hasta el techo y desde la cual había unas preciosas vistas a la huerta valenciana e, incluso, al mar. Unas escaleras subían hacia el dormitorio y bajo las mismas había una pequeña mesa de estudio con un iMac.

–¡Vaya! –silbó Felipe–. Nunca me han gustado mucho este tipo de casas tan abiertas, pero he de reconocer que esta es preciosa. Tienes muy buen gusto.

Alicia se sonrojó al escuchar el halago. Lo cierto es que ella no era experta en decoración, pero cuando se compró la casa quiso sentir que tenía un hogar y se pasó meses leyendo blogs y buscando imágenes en Pinterest que la inspirasen. Macarena Gea había sido su ejemplo a seguir y había conseguido emular el estilo que tanto le gustaba.

Abrió la puerta del baño y le sacó unas toallas limpias.

–Date una ducha para entrar en calor –le dijo mientras le cogía la chaqueta–. Voy a colgarla en una percha. Pon el resto sobre el radiador para que se te seque un poco.

Felipe asintió y, cuando Alicia vio que empezaba a desabrocharse la camisa, se dio media vuelta y salió de la habitación. No quería ver nada más. Se dirigió a la cocina, cogió la cafetera, la llenó de café molido y la puso a calentar.

Se sentó sobre el sofá blanco mientras esperaba escuchar el característico silbido de la Bialetti.

De pronto, se percató de que el sonido del agua de la ducha había cesado y supo que en breves instantes tendría a Felipe junto a ella. Se lo imaginó saliendo del baño, con la toalla anudada a la cadera, luciendo abdominales y con el pelo mojado. El solo hecho de visualizarlo así hizo que empezara a entrarle calor. ¡Mierda! Solo le había dejado un par de toallas en tono crudo que, para alguien de la altura de su antiguo profesor, resultaban diminutas... estaba empezando a ponerse nerviosa. La escenita de la ducha era un *must* de las novelas románticas que solía leer y ya sabía cómo terminaban siempre.

En qué mala hora se le había ocurrido decirle que se diera una ducha para entrar en calor. Es verdad que se había mojado de arriba abajo y que estaban en octubre, pero no es que los otoños fueran especialmente fríos en Valencia. Más bien al contrario. No hubiera pasado nada si hubiera conducido quince minutos más mojado. No hubiera cogido una pulmonía. Como mucho un resfriado.

Estaba tentando a la suerte. Jugando con fuego. ¿Por qué? ¿Es que quería quemarse?

—¿Ali?

Pegó un brinco al escuchar su voz y respondió sin girarse:

—Dime.

Si solo llevaba puesto lo que le había ofrecido, no quería verlo. No podría resistirlo.

—Esos taparrabos que me has dejado para secarme eran minúsculos. Espero que no te molestes porque te haya cogido esto...

Antes de que ella fuera capaz de responder, Felipe se plantó frente a Alicia que, contra todo pronóstico, estalló en carcajadas.

No, Felipe no era en aquel momento la viva imagen de un protagonista de novela romántica. Alicia lo miró de arriba abajo sin poder parar de reírse. Llevaba puesto un albornoz rosa con puntillas que su abuela le había regalado al independizarse. Le parecía una horterada, pero no se había atrevido a deshacerse de él por respeto a ella, así que había permanecido en el olvido desde entonces.

—¿De dónde has sacado eso? —inquirió entre risas.

—De tu armario de las toallas. Era lo único que me cubría lo suficiente como para no salir medio desnudo —le guiñó un ojo—. No creo que eso te hubiera gustado mucho.

Alicia se revolvió inquieta al imaginarlo saliendo del baño sin nada encima y le tendió una taza de café para cambiar de tema.

—Ya lleva azúcar.

—Gracias, me sentará bien —Felipe, se bebió de un trago la caliente bebida y depositó la taza sobre la mesita auxiliar—. Volviendo al tema del albornoz... espero que no le cuentes esto a nadie. Que hundieras mi reputación sería el remate a un día perfecto.

—Yo...

—Déjalo, lo entiendo. Es solo que ya no sé qué hacer para arreglar las cosas. No me lo estás poniendo nada fácil.

Alicia no pudo evitar dar gracias a Dios por la ridícula apariencia de Felipe. De otro modo le hubiera sido imposible no caer en la tentación. Así, le sería mucho más fácil mantener una conversación con él.

–Mira, me hiciste mucho daño y lo pasé muy mal. He intentado hacer como si nada –se excusó–, pero no es tan fácil perdonar de verdad.

–Entiendo que no estamos hablando de nada profesional, ¿me equivoco? –murmuró al tiempo que se sentaba junto a ella y trataba de generar un acercamiento.

–¡Joder, Felipe! ¿Desde cuándo ha sido lo nuestro algo profesional? Siempre ha sido personal, por mucho que lo hayamos negado.

–Ali, yo...

–¡No! No me interrumpas. Ahora que he empezado voy a terminar –replicó Alicia negando con la cabeza–. Puede que cuando nos reencontramos en ese maldito pub te hiciera creer que el único motivo que tenía para sentirme dolida habían sido tus hirientes palabras en aquella última tutoría.

Hizo una pausa para coger aire. Y fuerzas.

–Pero sabes muy bien que eso no es así. No puedo negar que eso fue el remate perfecto. El golpe de gracia con el que ganaste el combate. Pero yo nunca he sido de las que se rinden, Felipe.

Él la observó sin replicar. No era el momento de interrumpirla. No ahora que por fin parecía que iba a sacar todo lo que llevaba dentro.

–No puedo entender por qué me besaste aquella noche para luego dar marcha atrás –una lágrima recorrió la mejilla de Alicia–. Yo no era más que una cría. Si no estabas seguro, ¿por qué diste el paso?

La imagen de Alicia en la graduación invadió la mente de Felipe. Estaba bellísima aquella noche. Y él no podía sacarla de su cabeza. No es que no pensara en lo que hacía, es que, sencillamente, no podía pensar en otra cosa que no fuera besarla.

—Eso no fue lo peor. Después de humillarme como nadie lo había hecho nunca, yo fui tan estúpida de querer darte en las narices —suspiró—. Al fin y al cabo, solo tenía veintiún años. Me creía muy lista, pero todavía no sabía nada de la vida… Ahora ya lo sé —susurró más para sí misma que para Felipe.

—¿Qué quieres decir? —inquirió alarmado.

—No te asustes. Nada de lo que no haya podido recuperarme —replicó de pronto con voz fría y mirando al infinito—. Como te he dicho, no soy de las que se hunden.

—Alicia, ¿de qué coño estás hablando?

—¿Es que no recuerdas con quién volví a salir a la terraza aquella noche?

Felipe sintió que le entraban náuseas. Se imaginaba lo que venía a continuación porque recordaba a la perfección al tipejo con el que ella había querido darle celos y sintió que empezaba a hervirle la sangre.

—¿Por qué, Alicia, por qué?

Ella se encogió de hombros.

—Eso es justo lo mismo que me pregunté yo cuando después de haberme besado quisiste echarte atrás. ¿Por qué?

Felipe recordaba muy bien el porqué… muy especialmente porque al final todo había sido en vano. La había perdido a ella y a sus sueños. Pero, eso, era otra historia.

Rodrigo, el chico con el que Alicia se había marchado aquella noche era el tipo de hombre contra el que cualquier madre te hubiera prevenido, pero también el chico malo por el que todas suspiraban. Atractivo, inteligente, rebelde y mujeriego: en definitiva, una mezcla nada recomendable pero muy atrayente.

Felipe se acercó un poco más a ella y la cogió de los hombros.

—¿Qué pasó?

Alicia lo miró a los ojos con una mezcla de rabia y abandono. Ojalá aquello no hubiese sucedido, pero así había sido y tampoco tenía mucho sentido lamentarse. Al fin y al cabo, había sido ella la que se había abalanzado a los brazos de otro cuando sus labios solo buscaban una boca...

—No le des más importancia, Felipe. Es solo que, bueno, Rodrigo no era de esos a los que les basta con un par de morreos... quería más.

—¿Te forzó?

Alicia desvió la mirada, fijándola en la huerta que se extendía frente a ellos.

—Él quería más —repitió para sí—, y yo estaba borracha, dolida y quería olvidarte... no debí dejar que pasara, pero le dejé hacer.

Felipe no respondió. Sabía que no era culpa suya, pero no podía evitar sentirse culpable. Aquella noche él era el adulto y no se comportó como tal.

—Lo hicimos en el asiento trasero de su coche y me llevó a casa nada más terminar. Ni un abrazo, ni una caricia, ni un gesto amable. Ya tenía lo que quería. Lloré toda la noche —relató amargamente— y el lunes, cuando fui a aquella tutoría... —se tapó la cara con las manos y se echó a llorar.

Demasiados recuerdos para el día que ambos habían pasado.

Él la abrazó, dejando que apoyase la cabeza en su hombro y acariciándole el cabello. Era un cretino, o un capullo, como le había dicho ella tantas veces.

—Cuando viniste a aquella tutoría yo me comporté

como un capullo egocéntrico sin ningún tipo de tacto –admitió.

¿Cómo había podido ser tan iluso? Era cierto que tenía razón en lo que le había dicho a su alumna, pero ni sus palabras ni su tono habían sido los adecuados. Mucho menos después de lo que los dos habían vivido la noche de la graduación.

Recordaba que ella había entrado en su despacho muy altiva y que le había hablado en un tono que le había sacado de sus casillas. Las mismas palabras dichas de otro modo, bueno, quizás hubieran tenido un efecto diferente en ella y quizás ahora le odiaría un poquito menos.

Pero no, se hundió en el barro él solito. Como si no la hubiera cagado ya bastante.

La voz de Alicia interrumpió sus pensamientos.

—No quiero ser una borde, pero ha dejado de llover y tu ropa debe de estar seca... – Se separó de él–. Quizás, lo mejor, será que te marches.

Las duras palabras le hicieron volver a la realidad. Estaba claro que lo suyo no tenía arreglo. Alicia nunca le perdonaría, y tampoco podía exigirle que lo hiciera. La situación en la que se encontraban ahora mismo era la consecuencia de sus actos del pasado y estaba claro que él no era Marty McFly. No podía viajar al pasado y, además, sí, se había comportado como un gallina.

CAPÍTULO 8

La gran bronca

Me desperté con resaca y sintiéndome peor conmigo mismo de lo que lo había hecho nunca. Pero también obcecado con una idea: tenía que verla otra vez. Me negaba a que, ahora que los exámenes habían terminado y solo quedaban las tutorías, no fuésemos a hablar de nuevo. Porque, claro, Alicia era buena estudiante, de las de nota y dudaba mucho que fuera a venir a protestar por su nota, teniendo en cuenta que el último curso le había puesto una matrícula de honor. Merecida, eso sí.

El lunes estaba terminando de pasar las calificaciones para imprimir el documento y colgarlo en el tablón, cuando una idea pasó por mi cabeza. Sé que no estuvo bien. Sé que no fue una buena idea. Sin embargo, en aquel momento yo me disculpé con mi conciencia diciendo aquello de «en el amor y en la guerra, todo vale». Al fin y al cabo, ¿qué eran un par de décimas menos?

Por lo visto, mucho.

Alicia se presentó en mi despacho, hecha una furia, nada más ver la calificación obtenida en el tablón de notas. Justo lo que yo deseaba.

–¿Un 9,8 Felipe? ¿Qué clase de broma pesada es esta? –vociferó desde el umbral de la puerta.

–Alicia, un 9,8 es la nota exacta que corresponde al examen de interpretación simultánea que realizaste –respondí con suficiencia.

Se acercó a mi mesa, nerviosa y temblorosa, pero más segura de sí misma de lo que la había visto jamás. Volvía a lucir unos sencillos vaqueros, una sudadera dos tallas más grande que la suya y llevaba el pelo recogido con unos ganchos a los lados, apenas se había maquillado y sus ojos estaban ocultos de nuevo bajo el grueso lente de las gafas; sin embargo, yo ya no podía verla igual.

La noche de la graduación lo había cambiado todo.

Nunca me había arrepentido tanto de algo. Quería arreglarlo y, para eso, necesitaba verla. Sabía que si no le daba la matrícula de honor que tanto ansiaba vendría a mi despacho y, entonces, tendría una oportunidad.

Con lo que no había contado era con lo difícil que me lo iba a poner.

Tampoco había contado con mi arrogancia. Puede que ella fuera la mayor culpable. Siempre había sido mi enemiga.

Se acercó a mi mesa y apoyó las manos sobre ella, inclinándose amenazadoramente sobre mí. Estaba claro que habíamos sobrepasado la barrera profesor/ alumno, pero yo iba a mantenerme en mi papel, aunque me moría de ganas de levantarme de un salto de la silla, pasar mi mano por su cuello, atraerla hacia mí y devorar sus labios.

Hice un gran ejercicio de autocontrol para no ceder a mis deseos.

Quería que las cosas se calmaran primero. El problema es que nunca llegaron a calmarse.

—Mi nota es la más alta con diferencia de todo mi curso, ¿se puede saber por qué no me has dado una matrícula? —siseó.

—Alicia, me temo que tu examen, aunque está prácticamente perfecto, no lo es del todo. No sería justo para el resto de tus compañeros que te diera una matrícula cuando no la mereces —mentí. ¿Por qué estaba haciendo aquello? ¿Por qué no le decía la verdad? Que solamente le había bajado la nota porque me moría por verla, porque quería pedirle perdón y no sabía cómo hacerlo...

—¿Qué no sería qué? Mi examen es el mejor de toda la clase —respondió muy digna.

—No he dicho que no lo sea.

—Sabes que necesito la matrícula para que me dejen acceder a las pruebas de admisión del máster de Westminster —se lamentó.

—Lo sé.

—¿Entonces?

Ese era el momento en el que debía terminar el juego, tenía que decir la verdad, poner las cartas sobre la mesa, pero... fui un gallina. Un cobarde. Me negué a admitir que estaba tan colgado por ella como para hacer lo que había hecho y, en cambio, seguí actuando.

—Mira, te seré sincero, pienso que eres una chica inteligente y con facilidad para interpretar, pero si no superas tu inseguridad a la hora de hablar en público, te tendrás que dedicar a otra cosa.

Alicia se quedó bloqueada sin saber que decir, así que continué. Sabía que, en parte, lo que le estaba diciendo era cierto, pero también que le estaba haciendo daño de manera gratuita. Mucho más que si aquellas palabras se las hubiera dicho otra persona. Aun así, seguí con mi perorata, disfrutando de mi posición de superioridad. En esos momentos, solo podía recordarla besando a Rodrigo y me dejé llevar por los celos y el orgullo. Mis buenos propósitos se habían evaporado y casi estaba disfrutando al sentirme de nuevo por encima de ella.

—Siento mucho ser tan rudo, pero suavizar la realidad no te haría ningún bien.

—¿Rudo? ¿Rudo? —repitió sin comprender.

—¿No sabes lo que significa? —pregunté con tono paternalista, pese a que no tenía ninguna duda de que ella conociera el significado de la palabra. Lo que no comprendía era mi actitud.

Alicia levantó las manos al aire, furiosa y exasperada. Creo que, si yo no hubiera sido su profesor, habría sido capaz de darme un bofetón, pero se contuvo.

Me miró altiva y se dio la vuelta. Caminó con la cabeza muy levantada hacia la puerta y, justo antes de salir, se giró hacia mí, clavó sus ojos en los míos y habló:

—Felipe Estévez, algún día me convertiré en una intérprete mucho mejor que tú y cumpliré todos mis sueños. Te lo demostraré.

Dicho esto, salió de la habitación, dejándome solo. Había desperdiciado mi oportunidad y ahora Alicia me odiaría todavía más. Si es que eso era posible. Tan solo deseaba que esa rabia y las palabras que había pronunciado al menos la empujaran a darlo todo y a mejorar. Podía ser buena, muy buena. Incluso mejor que yo, pero tenía que creer en ella misma.

Al parecer, por cómo me había plantado cara, había empezado a hacerlo.

Me dejé caer sobre la silla y cerré los ojos tratando de olvidar la imagen del beso que le había dado y que se repetía en bucle en mi cabeza.

Alicia era historia.

Debía borrarla de mi mente y centrarme en el trabajo. Por fin iba a cumplir mi gran sueño: ser intérprete en la Unión Europea.

Un esbozo de sonrisa apareció en mi boca al pensarlo. No tenía ni idea de que la vida iba a borrármela de un plumazo.

CAPÍTULO 9

Las chicas Gilmore

—¿Qué cachondeo es este? —exclamó Alicia indignada.

En la cabina de interpretación estaba su amiga Marisa, bebiendo un poco de agua, revisando unas notas como si fuera lo más normal del mundo y encendiendo la tableta.

—¿¿Tú no tenías que estar haciendo reposo?? —preguntó mientras la observaba, atónita.

Marisa levantó la vista del papel y se giró hacia ella.

—Hola, Alicia —replicó con un tono de voz seco y cortante que le hizo saber al instante que estaba molesta con ella.

Alicia se dejó caer a su lado. Cuando Marisa se ponía difícil era muy complicado lidiar con ella. Al parecer, esta iba a ser una de esas veces.

—¿Me vas a explicar qué haces aquí o pretendes que saque la bola mágica y lo adivine? —resopló.

—Está muy claro lo que hago aquí —respondió altiva—. Voy a interpretar y, espero —gruñó—, que tú también.

–Estoy harta de llevarme sorpresitas cada vez que vengo a un congreso. ¿Dónde está Felipe? Y ¿por qué has venido si la ginecóloga te recomendó reposo? ¿Te has vuelto loca?

–¿Me lo dices o me lo cuentas? Estoy aquí por tu culpa –sacudió la cabeza, como quien da algo por perdido–, no me ha quedado otra que decirle a Felipe que yo volvía a ocuparme de mis interpretaciones.

–Pero, ¿por qué?

Alicia no lo entendía.

–Pues está claro. Ya me advertiste que podría pasar… pero pensaba que eras más profesional. –La miró con desdén.

Había pasado ya una semana desde su incidente con el vodka, la pésima interpretación, el momento claustrofóbico en cabina, el viaje en coche con Felipe y la ducha en su casa; después de haberse sincerado con él, había vuelto a apartarlo de su lado, pero nunca se le hubiera ocurrido plantearse que él no quisiera volver a interpretar con ella. Si uno lo pensaba con cabeza, tenía sentido, porque lo que no era lógico era tener que ir a trabajar todos los días con un nudo en el estómago. Era más que probable que, igual que ella lo pasaba mal cuando estaban juntos, a él le sucediera lo mismo.

Lo que Alicia no entendía era el motivo. ¿Por qué lo pasaba mal Felipe? Si había sido él quien la había apartado de su lado y había pisoteado sus sueños una y otra vez. Decía que había cambiado, pero aunque lo creyera, no estaba preparada para perdonarle. En cualquier caso, ¿por qué sufría él? ¿Había llegado de verdad a sentir algo por ella en algún momento? Y, lo más importante, si Marisa debía guardar reposo: ¿por qué demonios estaba en aquella cabina lista para interpretar?

–Mira, no hay tiempo para explicaciones. Vamos a ponernos a la tarea y cuando termine el congreso Santi vendrá a recogerme –bajó la voz–, no estaba muy contento de que me haya saltado el reposo. Te vienes a casa y te lo explico todo.

Alicia se hubiera levantado de allí y se hubiera largado de buena gana. Estaba harta de los líos de Marisa, había puesto su vida patas arriba con la presencia de Felipe y, ahora, igual que lo había llamado, lo despachaba. Y, para colmo, estaba poniendo en juego su embarazo por pura cabezonería.

Abrió su botellín de agua y trató de relajarse.

«Modo zen, Alicia, ponte en modo zen», se dijo a sí misma. O se calmaba o aquella interpretación volaría por los aires. Si trabajar con Felipe al lado era complicado, hacerlo con una Marisa fuera de sí, era todavía peor.

Después de una agotadora mañana, el congreso terminó y Alicia se encaró con Marisa.

–¿Me lo vas a explicar ahora?

–Enseguida. –Se puso en pie despacio–. Ven, acompáñame. Acabo de mandarle un *whatsapp* a Santi, no tardará en llegar. Quiero ir a casa y ponerme el pijama. Este pantalón me aprieta la barriga.

Alicia ahogó una carcajada.

–¡No tiene gracia!

–Lo que no tiene ninguna gracia son las continuas sorpresas que me das últimamente cada vez que vengo a trabajar. Sabes que no interpreto bien si me desconcentro…

–Mi querida amiga –le replicó con condescendencia–, el problema no son mis sorpresas, el problema eres tú. Reconoce que estás más preocupada por Felipe y vuestra «relación» –Marisa entrecomilló, gesticulando con las manos al tiempo que hablaba– que por los congresos y las interpretaciones.

–¡Vaya! –Alicia se acercó a ella y le tendió el brazo para que se agarrase a ella mientras salían a la calle a esperar a Santi–. Reconoce tú, que estás más preocupada por los congresos y las interpretaciones que por el futuro bebé. ¡No sé yo quién es la que se equivoca con sus prioridades!

Marisa le apartó el brazo de un codazo.

–¡No te atrevas a insinuar…! –Levantó amenazadora el dedo índice.

La llegada de Santiago las calmó momentáneamente, hasta que a los pocos minutos volvieron a lo mismo.

–¡Niñas, niñas! ¿Podéis dejarlo ya?

Las dos le contemplaron atónitas.

–No me miréis así –les dijo muy serio–. Os estáis comportando con más inmadurez que cuando ibais a la universidad. ¡Y eso ya es decir! –Rio.

Alicia dio gracias a Dios de que Marisa hubiera encontrado a alguien tan estable y sensato como Santi. Para el carácter competitivo y voluble de su amiga, él era como un bálsamo de paz que, no solo no se ponía nervioso con sus arrebatos, sino que sabía llevarla a su terreno.

Santiago era médico y ellas lo conocieron realizando una interpretación en prácticas en un congreso sobre pediatría. Al parecer, sabía bastante inglés y algo de lo que ellas habían interpretado (Marisa, para ser más exactos) no le había parecido del todo correcto, así que al acabar el congreso se acercó a la cabina a comentarlo con la intérprete. Marisa se sintió muy indignada y ofendida y le soltó dos frescas, pero a él le pareció muy graciosa y la invitó a cenar. Sin saber muy bien el motivo, ella aceptó, y lo curioso era que no habían vuelto a separarse desde entonces.

Eran la noche y el día, la calma y la tempestad, pero, en cierto modo, se compenetraban a la perfección salvo en un pequeño asunto: la maternidad.

Él se había especializado en pediatría y su sueño era ser padre de familia numerosa y ella, bueno, podía decirse que le había venido un poco de sopetón.

Llegaron a su casa y Santi les preparó un par de infusiones.

—Os ofrecería otra cosa, pero a ninguna de vosotras dos os conviene ingerir ahora mismo ni alcohol, ni cafeína, ni azúcar. Esto os relajará.

Dejó las tazas sobre la mesita auxiliar, le dio un beso en los labios a Marisa y se metió en su despacho.

—¡Y haced las paces de una vez! —les gritó antes de cerrar la puerta.

Las dos estallaron en carcajadas.

—Lo siento —murmuró Alicia.

—Yo también —admitió Marisa—. Hoy debería haberme quedado en casa —se acarició la barriga—. Pero cuando ayer me llamó Felipe...

—¿Que ayer qué? —exclamó alarmada.

—Felipe me llamó anoche y me dijo que no podía seguir siendo tu compañero de cabina. Que ya te había hecho demasiado daño y que su presencia solo conseguía hacerte sufrir más. Que lo sentía, pero que no contase con él. Como comprenderás, de ayer a hoy no me dio tiempo a encontrar a nadie, así que me ha tocado ir a mí.

—Si me hubieras dejado ocuparme a mí de eso desde el minuto uno, nada de esto habría pasado. Ni se me hubiera quedado cara de gilipollas la primera vez que me lo encontré, ni hoy me hubiera enfadado al verte. ¿No te das cuenta del estrés que esto está suponiendo para mí?

Marisa la miró con suficiencia.

—No me hables de estrés. Yo sí que lo sufro. Es fatal para el bebé. Espero que me digan mañana que está todo bien en la ecografía.

—Si quieres que vaya todo bien y te han recomendado una vida tranquila, ¿se puede saber para qué has tenido que presentarte hoy en el Palacio de Congresos? —preguntó Alicia, exasperada.

—Ya te lo dije, porque no hay nadie que pueda interpretar a mi...

—¡La madre que te parió! ¿Te has vuelto loca, Marisa? —Alicia se puso en pie, irritada, y a punto estuvo de tirar la taza de poleo. Empezó a pasear arriba y abajo mientras su amiga la miraba como si la loca fuese ella—. Deja ya ese rollo Paris Geller.

—Sabes que no me gusta que me compares con ella, Alicia.

—¡Pues compórtate como una persona normal!

—Es que...

—¡¡Basta!!

Santiago salió de su despacho interrumpiendo la discusión de las dos amigas. Se sentó al lado de su mujer y le acarició la espalda para calmarla.

—Marisa, ya es suficiente. Mañana tenemos la eco de las doce semanas y estos nervios no son buenos. Y te diré, si me lo permites, cariño, que tú eres la única causante de tu estrés. Deja ya de preocuparte por el trabajo y disfruta el embarazo. Alicia es una mujer adulta y es tan buena intérprete como tú. Estoy seguro de que podrá encontrar a alguien lo suficientemente bueno como para que vuestros clientes sigan satisfechos.

Su mujer no respondió, pero asintió con la cabeza.

–Alicia –continuó–, si no te sientes cómoda con Felipe deberías buscar un nuevo compañero. Como ya te dijimos, no podrás contar con Marisa en unos meses.

–Está bien.

Se acercó al sofá para coger su bolso y se dirigió a la puerta para marcharse.

–Ali… –La voz de Marisa fue apenas un susurro.

–¿Sí?

–No llames a Susana, por favor, no soportaría que ella me sustituyera.

Alicia sonrió al recordar la declarada enemistad que su amiga y la otra empollona de la clase habían tenido en la universidad. No podía haberse llamado de otro modo, Susana, como la insoportable amiga de Mafalda.

–Debería hacerlo –amenazó.

Marisa se puso en pie, escandalizada.

–¡Relájate! Era una broma. Al contrario que tú, sé a quién puedo y a quién no puedo llamar.

Casi había cerrado la puerta cuando escuchó a Santiago decir:

–Y habla con Felipe, si eres tan adulta como dices, también deberías ser capaz de arreglar las cosas con él.

La puerta se cerró, dejando a Alicia sola con sus pensamientos. Miró el teléfono, sin saber muy bien qué hacer. ¿Debía llamarlo?

No tenía ningún otro compromiso como intérprete a lo largo de esa semana. Ya lo pensaría. Lo mejor sería consultarlo con la almohada. Eso sí, sin alcohol de por medio. Esta vez se mantendría firme en su papel de Rory Gilmore, nada de volver a emular a Bridget.

CAPÍTULO 10

Cada oveja con su pareja

Para bien o para mal, la semana casi había transcurrido y Alicia no había tomado una decisión. Fue aplazando el asunto, día tras día, pues no se sentía con fuerzas para afrontarlo y ahora se encontraba con que a menos de 48 horas de uno de los congresos más importantes para los que trabajaban Marisa y ella, estaba sin pareja. Se sentía como esas adolescentes de las películas americanas que no tienen quien las saque a bailar en la fiesta del instituto.

Había personas a las que podía llamar, con las que no le importaba compartir cabina una vez o dos, pero sustituir a Marisa implicaba mucho más que eso. Ellas dos habían estudiado juntas, habían vivido juntas en Londres mientras cursaban el máster de interpretación de la Universidad de Westminster y llevaban varios años trabajando codo con codo.

A pesar de ser diferentes y del genio de Marisa, eran buenas amigas y se entendían bien dentro y fuera de cabina. A decir verdad se llevaban incluso mejor dentro.

A la hora de trabajar, Marisa dejaba a un lado todo y salía a la luz su perfil más profesional y comprometido. Para ella lo más importante era hacer un buen trabajo.

Pasaban muchas horas juntas y estaban acostumbradas, se conocían bien, pero no le apetecía nada tener que empezar de cero con otra persona.

«Podrías no hacerlo», le dijo una vocecita en su interior.

–¡Ni de coña! –Se llevó las manos a la boca al darse cuenta de que había pronunciado las palabras en voz alta.

Todavía le quedaba un día para encontrar a alguien. Ya se le ocurriría algo.

Unas horas más tarde, Alicia se miró en el espejo. No es que tuviera interés en arreglarse mucho, pero nunca le gustaba parecer un adefesio cuando salía con Lidia. Llevaba unos zapatos de tacón, unos vaqueros acampanados con apliques de lentejuelas y una sencilla blusa blanca. Cogió la gabardina y una cartera de mano y salió de casa. El problema de la pareja seguía sin resolverse, pero tomarse unas copas con su amiga le ayudaría a alejar las preocupaciones.

Ya lo resolvería al día siguiente.

Se subió al taxi que la esperaba en el portal y se dirigió a la Avenida de las Cortes Valencianas. Rezó para que su amiga no tuviera demasiadas ganas de fiesta porque las suyas eran nulas. Ojalá se contentase con una cena y un par de copas tranquilas y no la arrastrase a esos garitos que tanto le gustaban a ella. ¡No pensaba volver a acercarse al pub de los bailes latinos ni muerta! Todos sus problemas habían empezado aquella noche.

Esperó pacientemente a que Lidia llegara. La puntualidad no era una de sus virtudes. Por suerte, no se retrasó demasiado y a los pocos minutos del interior de un taxi que se detuvo frente a ella salieron unos zapatos de tacón de aguja, seguidos de unas piernas larguísimas y un corto –cortísimo– vestido negro asomaron tras la portezuela del vehículo.

A Alicia, ese momento le recordó a cuando las actrices famosas salían de una limusina frente a una alfombra roja para acudir al estreno de su película, rodeadas de flashes, fotógrafos y miradas curiosas. Su amiga salió del coche a cámara lenta, como si esperase que toda la gente que había por la calle fuera a detenerse a mirarla. Algunos hombres lo hicieron. No se podía negar que era una mujer llamativa, pero a veces Alicia deseaba que se preocupara por algo más que salir de copas y ligar.

Se conocieron cuando eran pequeñas, porque vivían puerta con puerta, y pasaban las tardes jugando juntas. Siempre fueron distintas, pero nunca les importó: a Alicia no le interesaban los chicos y era una empollona y Lidia, bueno… ella era justo lo contrario. Sin embargo supieron aprovechar sus diferencias y obtenían provecho de ello. Alicia ayudaba a Lidia con sus deberes y le daba clases de inglés. De hecho, es muy probable que sin aquella amistad, Lidia nunca hubiera conseguido aprobar la diplomatura de Turismo. Y, a su vez, Lidia conseguía sacar a Alicia de las bibliotecas y que saliera por ahí. Se ocupaba de maquillarla, vestirla y le ayudaba a tener confianza en sí misma.

Se complementaban muy bien y, a pesar del paso de los años y de que cada una había seguido caminos distintos, habían mantenido la amistad.

—¡Aliiiiiiiiiiiiiii! —chilló mientras corría hacia ella y la miraba de arriba abajo—. Estás guapa —aprobó—. Muy discreta para mi gusto, pero guapa. ¡Bien hecho!

A Alicia se le escapó una carcajada.

—Necesitaba sentirme bien conmigo misma. Estos últimos días han sido terribles.

—¿Por culpa del innombrable?

—Sí, por Felipe —gruñó—. No tengas miedo de decirlo. ¡Me está volviendo loca! Y, en parte, también por Marisa.

—¡Buffffff! Todavía no sé cómo pudiste hacerte amiga suya en la universidad. Es una maniática.

—No lo negaré —admitió Alicia—. Pero después de un poco de rivalidad, unir fuerzas hacia un objetivo común nos convirtió en amigas.

—¡Ser intérprete de las Naciones Unidas! ¡Lo sé! Llevas media vida hablando de eso. La culpa la tienen las tiras cómicas de esa tal Mafalda.

—Bueno, yo no soy tan utópica como ella. Sé que no arreglaré el mundo, pero ser intérprete de conferencias para la ONU sería… no sé cómo explicártelo. ¡Un sueño hecho realidad!

—¡Quita, quita! —Lidia gesticuló como si tratara de apartar una mosca con la mano—. Cambiemos de tema. Prefiero que me hables de Voldemort.

—¿¿Voldemort??

—Sí, el innombrable.

Entraron en Fryda y se dirigieron hacia la mesa que tenían reservada. Alicia sentía que todo el mundo las miraba, aunque quizás hubiera sido más justo decir que todo el mundo miraba a Lidia. Puede que ya no fuera una veinteañera, pero sin duda llamaba la atención. No era nada en concreto, sino más bien, todo en conjunto: sus ojos color verdes y su larga melena castaña con reflejos caobas, su metro ochenta de altura y sus largas –kilométricas– piernas, sus labios carnosos y esos rasgos que recordaban a los de Sandra Bullock en su mejor momento. Todo aderezado con un maquillaje perfecto y un LBD que, al lucirlo ella, parecía todavía más pequeño.

El camarero se acercó y les tomó nota. Pidieron una botella de Enrique Mendoza y un par de picadas al centro. Estaban tomando una copa de vino blanco, mientras esperaban a que la comida estuviera lista, cuando un escalofrío le recorrió la espalda a Alicia.

–¿Te encuentras bien?

–Sí, es que me ha entrado un escalofrío. –Recorrió el techo con la mirada buscando una salida de aire acondicionado. Ese tenía que ser el motivo de que se le hubiera erizado todo el vello. No encontró ninguna y no pudo evitar empezar a sentirse nerviosa–. Es solo que de repente he notado como si alguien me observara, como si…

Como si dos ojos negros se clavaran en ella. Era una sensación de sobra conocida. La que había sentido cada vez que comenzaba a interpretar en clase, y su profesor, sin importar a qué alumno estuviera escuchando, clavaba la mirada en ella.

–No puede ser –susurró sin atreverse a girarse–. Lidia, con disimulo, mira a ver quién está en la mesa de detrás nuestro. Tengo un muy mal presentimiento.

De manera nada discreta, su amiga asomó la cabeza.

–¡He dicho con disimulo! –siseó Alicia.

Lidia siguió estirando el cuello hasta que pudo reconocer a los dos hombres que estaban sentados a menos de un metro de distancia.

—¡Joder!

—¿Qué pasa?

—Pues que no solo tu querido innombrable está sentado en esa mesa...

«Lo sabía», pensó.

—... Sino que también está el tío con el que no pasó nada la noche de los bailes latinos.

—¿¿Qué tío?? —No tenía ni idea de quién hablaba su amiga. Había demasiados tíos en su vida.

—Sí, aquel con el que estuve bailando. Fui a buscarte para decirte que me iba con él a casa, pero no te encontré, ¿recuerdas? Y el caso es que luego no quiso nada conmigo. Así que me quedé más sola que la una —se lamentó.

Alicia no entendía nada.

—Y ¿ese tío es amigo de Felipe?

Lidia se encogió de hombros.

—Por lo visto sí. Puede que incluso fueran juntos a los bailes latinos. Y ahora están sentados a la misma mesa. O eso, o son novios. Lo cual explicaría que ese hombre no hubiera caído rendido a mis encantos.

¿Con quién demonios estaba cenando Felipe? La curiosidad la reconcomía, pero se negaba a girarse y a enfrentarse a él. Prefería hacer como si no supiera que estaba allí, aunque tenía por seguro que él sí la había visto, porque sentía como sus ojos se le clavaban en la nuca. ¿Podría evitarlo toda la noche?

Antes de que pudiera pensarse la respuesta, la tuvo ante sus narices: NO.

Lidia se había puesto en pie y, muy digna, se dirigía contoneándose hacia la mesa en la que estaban sentados.

«Yo la mato».

Dos segundos más tarde, la estaba llamando con la mano para que se acercase a saludar.

¡Dios! Pero ¿en qué estaba pensando la loca de Lidia? Sabía de sobra que no tenía ningunas ganas de ver a Felipe, ¿por qué tenía que hacerle esto? Por lo visto, no era tan diferente de Marisa, todas sus amigas parecían empeñadas en jorobarle la vida.

Con un gesto de fastidio se puso en pie y se acercó a ellos.

–Buenas noches, Felipe –murmuró con desgana y sin apenas mirarle a la cara–, buenas noches... –se detuvo en cuanto se percató de quién era el acompañante de su antiguo profesor–, ¡Jesús! Qué alegría, cuánto tiempo sin verte.

Alicia se fundió en un sincero abrazo con el que había sido otro de sus profesores favoritos a lo largo de la carrera. Jesús estaba especializado en traducción audiovisual y, aunque ella nunca se había planteado dedicarse a esa rama, siempre había disfrutado mucho con sus clases. Era un excelente comunicador y hacía que las horas se pasaran volando; desde luego, tenía madera de profesor.

«No como otros», se dijo.

Era un hombre muy guapo, es posible que más que Felipe. Tenía unos rasgos perfectos, un cabello rubio y ondulado, una piel morena y unos envidiados ojos color aguamarina. Había sido el hombre más deseado de la facultad por la mayoría de las alumnas, aunque para su desgracia, ninguna de ellas tenía ni la más remota posibilidad.

–¡Lo mismo digo! ¿Por qué no os sentáis con nosotros?

Felipe lo fulminó con la mirada, pero no dijo nada.

–¡Oh, nos encantará! –respondió Lidia antes de que Alicia pudiera poner alguna excusa.

–De acuerdo, pero será mejor que avisemos al camarero de que nos cambiamos de mesa. –Enganchó a su amiga del codo y la arrastró hasta donde habían estado sentadas unos minutos antes–. ¿Te has vuelto loca?

–Claro que no. Es perfecto. Por fin me ligaré a Jesús y tú podrás hacer las paces con…

–¡No tienes ni idea de lo que dices! –la interrumpió–. Para empezar, yo no tengo ningunas ganas de hacer las paces con nadie…

–Eso no te lo crees ni tú. Estás loca por él. Se te nota a la legua.

–Ya hablaremos de eso. En cualquier caso, creo que deberías saber que no vas a poder ligarte a Jesús.

Lidia la miró indignada.

–Y ¿por qué no? Si puede saberse.

Alicia suspiró, la respuesta era tan obvia que no entendía cómo Lidia no se había percatado.

–¡Jesús es gay!

–¿Perdona? –inquirió incrédula–. ¿Cómo has dicho?

–Te digo que Jesús es homosexual.

–Pero y entonces, ¿todos esos bailes…? –apenas pudo terminar la frase.

–No tengo ni idea. Puede que simplemente le guste bailar.

–¡Pues vaya mierda! –se lamentó.

–Así es –replicó Alicia mientras recogía sus cosas y le indicaba al camarero con la mano que se cambiaban de mesa–. Ahora te toca apechugar con la que nos espera, porque ninguna de las dos va a ligar con esos hombres.

Lidia se quedó pensativa.

–Puede que una de las dos si lo haga... eso me quitaría el disgusto.

Un par de horas y dos botellas de Chardonnay más tarde, los cuatro reían. Lidia había asumido que no iba a sacar de Jesús otra cosa que amistad, pero habían congeniado y se llevaban bien, así que no estaba tan mal. Ya decían que quien tenía un amigo tenía un tesoro y, a ella, se le daba mejor conservar a los amigos que a las parejas.

El alcohol había hecho que Alicia y Felipe se relajaran y no estuvieran tan tensos y lo cierto es que con Jesús al lado era difícil no sentirse a gusto. Era muy divertido y conseguía que las conversaciones fluyeran de manera nada forzada.

Aún así, Alicia tenía intención de poner una excusa y marcharse de allí a la carrera antes de complicarse más la vida. Con Felipe a su lado siempre se enredaba todo. Cuanto más lejos estuviera de él, mejor.

–¿Os apetece que pidamos unos chupitos de Jägermeister? –exclamó Lidia que, estaba claro, no tenía ninguna intención de terminar la fiesta.

Felipe se giró con sutileza hacia Alicia para ver cuál era su reacción ante la pregunta, pero antes de que la pobre pudiera negarse, Jesús se había puesto en pie y le había pedido una ronda al camarero.

Primero fue una ronda, y luego otra, y luego otra. Así hasta que todos ellos habían invitado a una. A Alicia la cabeza le daba vueltas. Demasiado vino. Demasiado licor. Muy poca cena. Sentía que todo le daba vueltas, ¿era por el alcohol o era lo que le provocaba tener a Felipe tan cerca?

Sin darse cuenta, de pronto se encontró sola en la mesa con él. Lidia y Jesús se habían levantado y bailaban al ritmo de las últimas canciones de moda. Alicia sonrió. El buen perder de Lidia era admirable y se alegraba de que al menos se llevara un amigo, pero sabía que su amiga quería sacar algo más de aquella noche en lo referente a ella y a su antiguo profesor.

¡La llevaba clara si esperaba que entre ella y Felipe pasara algo! Tenía las ideas muy claras. O, al menos, eso había pensado antes de que la bebida empezara a adueñarse de su voluntad. Por lo visto, él también se había dado cuenta de ese cambio y estaba decidido a aprovecharlo.

Acercó su silla a la suya y le pasó el brazo por el hombro.

—¿Bailamos?

—Mejor no, todo me da vueltas —admitió avergonzada.

—Tranquila, no dejaré que te caigas —le susurró al oído.

Alicia sintió como un hormigueo le recorría el cuerpo. Sentir su cálido aliento tan cerca le hacía perder la razón.

Se puso en pie y dejó que él la cogiera y la arrastrase. La música que sonaba era de todo menos lenta, aquel local era restaurante y discoteca a la vez, pero él la cogió como si estuviera sonando una balada y no hubiera nadie más.

A Alicia le pareció que todo lo que había a su alrededor se esfumaba al sentir sus brazos acariciándola. ¿Por qué tenía que tener ese efecto sobre ella?

Sintió que Felipe se acercaba peligrosamente hacia su boca y, en un alarde de lo que ella creyó fortaleza, suplicó:

–No me beses.

Él la miró divertido y se acercó de nuevo a su oído.

–Está bien. Voy a hacer lo que me pides una vez más, pero no podrás impedir que haga otras cosas. Ya no, Alicia. Esto ha ido demasiado lejos y no lo soporto más.

Alicia contuvo la respiración y cerró los ojos al notar que la boca de Felipe se acercaba peligrosamente a su cuello.

Quiso gritarle que parara, que no quería, pero las palabras no parecían dispuestas a salir de su boca. Lo único que salió de ella fue un jadeo ahogado al sentir el roce de la barba de Felipe contra su piel y como sus labios la acariciaban con delicadeza.

–Ah...

Felipe acercó su mano a la boca de ella y le colocó el dedo índice encima.

–Shhhh. No digas nada.

Felipe continuó besando con suavidad su clavícula y Alicia sintió que le temblaban las piernas, pero él la sostuvo con fuerza entre sus brazos, para evitar que se cayera, sin despegar ni un segundo los labios de su piel. Alicia se estremecía con cada beso y esa aprobación implícita hizo que él aumentase la fuerza y la pasión de sus acciones.

Felipe le apartó el pelo y continuó besándole la parte posterior del cuello para después presionar con sus labios esa misma zona.

Alicia dejó escapar otro gemido.

Felipe succionaba con fuerza y aquello la tenía totalmente descolocada. Se estaba excitando y no podía evitarlo. Sentía una mezcla de placer y dolor que la estaba volviendo loca. Quería que parase y no quería que lo hiciera. No sabía qué hacer. Aunque él no parecía dispuesto a detenerse hasta llegar al final.

Le metió la mano por debajo de la camisa y le acarició la espalda al tiempo que sus labios seguían chupando y lamiendo sin descanso. Alicia sentía que aquello era demasiado, que no lo podía soportar... Cuando creía que no lo resistiría, los movimientos de Felipe fueron perdiendo potencia y velocidad. Se transformaron en suaves besos que fue depositando sobre la zona, que ahora estaba más sensible.

Al cabo de unos minutos, separó su boca de ella y colocó su cara frente a la suya.

A Alicia le resultó muy complicado abrir los ojos y mirarlo directamente. Se sentía muy vulnerable, mareada todavía y, aunque no quería reconocerlo, muy, muy excitada.

—¿Quieres decirme algo ahora? —le preguntó él con voz ronca.

—Lo cierto es que sí —respondió, tratando de pensar con claridad.

—Dime.

—¿Quieres... quieres —pedirle aquello le estaba costando un mundo—, quieres ser mi compañero de cabina?

CAPÍTULO 11

Partido a partido

Alicia se despertó con más resaca que en toda su vida (y eso que muy recientemente había vivido una provocada por los efectos del vodka). La cabeza le daba vueltas y había cosas que no recordaba de la noche anterior. ¿Por qué cada vez que salía con Lidia su vida se ponía patas arriba? Estaba tratando de encontrar la respuesta cuando le entró un *whatsapp*.

¿Puedes decirme dónde es el congreso? Ayer se te olvidó darme la dirección. Por cierto, te aconsejo que mañana te pongas un pañuelo ;)

Se llevó las manos al cuello con un grito ahogado. ¡Gilipollas arrogante! ¿En qué estaba pensando para dejar que le hiciera un chupetón? Estaba claro que tomar chupitos había sido un error, le habían nublado la mente y no la habían dejado pensar con claridad. No lo habría permitido de estar en sus cabales. Aun así, tenía alguna laguna y había algunas cosas que no recordaba.

¡Maldito Jägermeister! No pensaba volver a probarlo en lo que le quedaba de existencia.

Lo que estaba claro, a la vista de los acontecimientos, era que iban a interpretar juntos de nuevo y era mejor que empezara a hacerse a la idea. Tal vez Santi tuviera razón, era una mujer madura, así que debía arreglar las cosas con Felipe.

Empezaría por aprender a trabajar con él sin que cada encuentro se convirtiera en una lucha.

Lo que no sabía es que Felipe tenía unas intenciones totalmente opuestas a las suyas.

«Partido a partido», se dijo a sí mismo Felipe emulando a Simeone. Estaba claro que no había otra forma de resolverlo. Si Alicia estaba decidida a olvidar la tregua y a convertir sus encuentros en batallas, él las iría ganando una a una. Sabía que no iba a ser tan fácil hacerla cambiar de opinión. No podía borrar el pasado de un plumazo, pero puede que poco a poco lograse conquistarla de nuevo.

No era del Atlético de Madrid, pero la filosofía del «Cholo» le parecía de lo más acertada para su situación.

No era un reto sencillo, pero él nunca se había desmoralizado ante los problemas. Al contrario, la vida le había puesto algunos muy duros delante y eso solo lo había hecho más fuerte. Volvería a hacerlo.

No tenía muy clara la táctica que tenía que seguir, pero si de algo estaba convencido era de que ya había perdido demasiadas cosas en la vida. Alicia no iba a sumarse a esa interminable lista.

Puede que el *whatsapp* que le había enviado esa mañana no hubiera sido muy buena idea, parecía no tomarse nada bien sus bromas, como decía Van Gaal, ella siempre lo veía «todo negativo, nunca positivo». Aun así, se consoló pensando que al menos no le era indiferente.

Puede que su mensaje le hubiera provocado enfado, pero eso quería decir que sentía algo. Estaba seguro de que sentía algo. ¡Joder! ¿Por qué si no le habría dejado hacerle un chupetón?

Era cierto que le había pedido que no la besara, algo que se moría por volver a hacer desde el día que ambos se habían quedado encerrados en la cabina, pero no le había puesto ni un solo impedimento cuando había empezado a chupar su cuello con desesperación. No había hecho ni un solo amago de apartarse.

Lo había dejado un poco descolocado con la petición que le había hecho, primero porque llevaban semanas peleados por eso mismo y, segundo, porque hablar de trabajo después de un momento como aquel... pero, bueno, Alicia siempre le descolocaba. Nunca sabía por dónde iba a salir. Era imprevisible y cambiante como el viento.

Una especie de Mary Poppins. ¿En qué le convertía eso a él? ¿En Bert?

Mientras se vestía para acompañar a su madre a la cita del médico no pudo evitar tararear:

—Viento del este, y niebla gris. Anuncian que viene lo que ha de venir. No me imagino lo que va a suceder, más lo que ahora pase, ya pasó otra vez.

Siempre se ponía melancólico cuando tenía revisión.

Al día siguiente, tanto Alicia como Felipe se presentaron con tiempo en el Auditorio Mar Rojo del Oceanogràfic. Querían normalizar las cosas en la medida de lo posible para que el trabajo saliera bien, luego, ya se vería…

Se saludaron con corrección y se centraron en el trabajo que se traían entre manos sin tocar temas personales. Y, aunque Felipe no pudo evitar esbozar una sonrisa al ver el pañuelo azul que Alicia llevaba anudado al cuello, se cuidó muy mucho de decir alguna bordería. No le convenía nada.

En el caso de Alicia, no se atrevía a hacer mención alguna a la marca que llevaba de tan avergonzada que se sentía por haberse dejado hacer. Bastante castigo era tener que llevar el dichoso pañuelo con el caluroso día que había salido en Valencia. Se estaba asando.

A media mañana, en una pausa entre ponencia y ponencia, Felipe se percató de que Alicia tenía las mejillas rojas como tomates y que estaba sudando.

–¿Por qué no te quitas el pañuelo?

–Ni de coña –replicó tajante.

–No entiendo el motivo. En esta diminuta cabina no tienes nada que esconder, los dos sabemos muy bien lo que tratas de ocultar. De hecho yo soy el causante de lo que estás tapando con tanto ahínco.

–¿Se puede saber por qué lo dices tan satisfecho? –se indignó Alicia–. No creo que sea algo de lo que sentirse orgulloso.

–Pues yo no me arrepiento de lo que pasó. Ojalá hubiera pasado algo más –afirmó con los ojos fijos en ella.

Alicia negó con la cabeza y dio un trago a su botellín de agua con la esperanza de que se le pasará un poco el bochorno. El que sentía y el que le provocaba la situación.

—No va a pasar nada, Felipe. A partir de ahora seremos compañeros de cabina y ya está. Creo que somos lo suficientemente adultos como para poder trabajar sin problemas, al menos por mi parte estoy dispuesta a volver a firmar la tregua –ofreció.

—No vamos a firmar la tregua, ni la paz, ni nada parecido, Alicia –le espetó–. Pienso ganar esta guerra, me cueste lo que me cueste.

—¿Qué quieres decir? –preguntó un tanto intranquila.

Tendría que esperar un par de horas para saber la respuesta, porque el nuevo ponente ya estaba en el estrado y Felipe se había colocado los cascos y miraba al frente dispuesto a comenzar su interpretación.

De repente, antes de que empezaran a hablar, le sonrió y, como si estuvieran en clase o en medio de un examen, le pasó una notita en un pedazo de papel en la que ponía:

Partido a partido.

¿¿Qué demonios quería decir eso??

Cogió su bolígrafo y garabateó debajo a toda prisa:

No sé a qué te refieres.

Le pasó la nota y esperó a que la leyera. Sabía que no debía interrumpirlo mientras estaba interpretando, porque lo más normal era que perdiera el hilo. Pero con Felipe todo había dejado ya de ser normal.

Para su sorpresa, en vez de ignorarla, Felipe la leyó, y a toda prisa escribió una respuesta sin descuidar ni lo más mínimo la interpretación que estaba llevando a cabo.

Desde luego, era muy bueno.

Puede que la mayoría de hombres no supiera hacer dos cosas a la vez, pero estaba claro que él podía hacer tres y hacerlas a la perfección: escuchar el mensaje en el idioma original, transmitirlo en la lengua de destino, escribirle notas... ¿Qué más sería capaz de hacer al mismo tiempo?

Sintió que se ponía colorada por la imagen que acababa de venirle a la mente.

Cogió el papel de nuevo y lo leyó:

Quiere decir que no voy a rendirme. Que no pienso dejar que mis errores del pasado determinen mi futuro. Voy a pelear por esto día a día.

Se le hizo un nudo en el estómago al leer sus palabras. ¿Lo decía en serio?

No hay nada por lo que pelear, Felipe. Olvídalo. Yo ya lo he hecho.

Le pasó la nota con lágrimas en los ojos. Quería creerle, pero tenía miedo de volver a dejarse llevar por sus sentimientos. Esta vez, era mejor que se mantuvieran en el plano profesional. Aunque, claro, con un chupetón en el cuello era difícil tomarla en serio.

Felipe la miró irritado, continuó interpretando y, esta vez con furia, plasmó una nueva respuesta.

Alicia, pesan a mis espaldas demasiados sueños incumplidos. Tú NO vas a ser uno de ellos. No ahora que he vuelto a encontrarte.

Sueños. ¿De verdad podía ser ella un sueño para él? Ella tenía muchos sueños, todos profesionales y estaba luchando por conseguirlos. ¿Cuáles serían los sueños rotos de Felipe?

El hecho de que hablara de ella de ese modo le dio algo de esperanza. Tal vez había cambiado realmente. Tal vez sí se arrepentía de lo sucedido en el pasado. Tal vez...

Con una sonrisa en los labios y, aun a riesgo de que le interpretación volase por los aires, escribió una última respuesta.

Ten cuidado, no vaya a ser que el sueño se convierta en pesadilla.

Felipe captó al instante el tono bromista y le guiñó un ojo antes de cederle a ella el turno y relajarse en su silla mientras la observaba. Había hecho un esfuerzo sobrehumano para no perder el hilo de la ponencia y mantener su particular conversación escrita con Alicia, pero tenía un propósito y esta vez no pensaba rendirse hasta conseguirlo. No iba a dejarla escapar. Por difícil o imposible que pareciera.

Como decía Walt Disney: «Si puedes soñarlo, puedes hacerlo».

Aun sabiendo que iba a desconcentrarla, cogió el gastado papel y añadió una última línea:

¿Cine? ¿Este viernes?

P.D. Eso sí, en V.O.

Sin desviar sus ojos del estrado, Alicia inclinó ligeramente la cabeza en un casi imperceptible gesto de asentimiento.

Partido ganado. Esos tres puntos se los llevaba él a casa. Y, sin duda alguna, pensaba ganar la liga, la copa y lo que hiciera falta.

CAPÍTULO 12

En versión original

Alicia estaba nerviosa y llegaba tarde. Ella no era de las que se volvía loca buscando un conjunto, pero esta vez sentía que la cita con Felipe era importante. Quería ir guapa, pero sabía que en el cine siempre pasaba mucho frío. Estaban ya casi en noviembre, pero el clima seguía siendo cálido en Valencia. ¡Cosas del cambio climático! No quería parecer una cebolla, pero sabía que o se llevaba ropa de sobra o moriría congelada a la media hora de película. No entendía la manía que tenían en las salas de cine de poner el aire acondicionado a semejante potencia.

Luego estaba el tema de la vista. Era miope y, aunque desde hacía unos años, no solía utilizar mucho las gafas fuera de casa, el mismo aire acondicionado que hacía que se le helara hasta el alma también le resecaba los ojos. Si se pasaba la película frotándose los ojos y parpadeando para que alguna lágrima los humedeciera, no solo no iba a disfrutar de la película, sino que parecería idiota.

Decidido: tenía que ponerse las gafas. Al fin y al cabo, puede que no fuera como más favorecida se encontraba, pero Felipe ya la había visto con gafas anteriormente (no se había despegado de ellas en sus años de universidad porque era incapaz de ponerse las lentillas).

Al final, se puso unos pantalones ceñidos blancos, unas botas marrones, una blusa blanca y una cazadora en tono beige. Metió un foulard y una rebeca en el bolso y, tras maquillarse un poquito, se puso las gafas de pasta. Con su montura de concha, eran bastante bonitas, y sintió que le daban un toque intelectual que no le desagradaba en absoluto. Al fin y al cabo, iban a ver una película en versión original, era lo que se esperaba de ella.

Salió de casa corriendo y murmurando entre dientes:

—Qué tarde es, qué tarde es...

En el portal, Felipe la esperaba dentro de su Smart y a Alicia le sorprendió que tras darle un delicado beso en la mejilla sin decir ni una sola palabra, Felipe salía por la Ronde Norte de la ciudad.

—¿Adónde vamos? Creía que me habías dicho que íbamos al cine.

—Eso hacemos —respondió él sin quitar la vista de la carretera.

—Pero, ¿no íbamos a ver una peli en versión original? Pensaba que íbamos a los cines Babel. —Era lo que esperaba de un cinéfilo como él.

Pareció avergonzado por un segundo, pero se recompuso enseguida y sonrió.

—Vamos a Kinepolis.

Ella soltó una carcajada.

Heron City, como se llamaba la zona en la que estaban los cines, no era precisamente el icono de los intelectuales y cinéfilos. Con una amplia zona de ocio y restauración, lo habitual era ver allí a familias, grupos de jovencitos, parejas... lo cierto es que no se lo imaginaba en un lugar tan comercial.

–¿Qué quieres que te diga? Es el cine con las mejores salas de Valencia, las más grandes y en las que más cómodo estoy. No me avergüenzo. Y hace un tiempo que dedican algunas a la proyección de películas en versión original, así que, ¿por qué no?

Se alegró de haber traído el pañuelo y la rebeca, en las salas de Kinepolis solía quedarse cual témpano de hielo.

–Por cierto –exclamó de pronto–, estás muy guapa con gafas. Me trae buenos recuerdos.

Alicia se felicitó a sí misma por la elección. No había sido tan mala idea, después de todo, dejar las lentillas en casa por una vez.

Aparcaron el coche, se dirigieron a las máquinas para sacar las entradas y se fueron directos a la sala. Todavía faltaban veinte minutos para que empezase la película, pero una de las cosas que más le gustaba a Alicia del cine era sentarse a ver los tráilers.

Felipe, que había permanecido muy callado desde que la había recogido, soltó de pronto:

–¡Oye! No hemos comprado palomitas, ni Coca Cola, ¿quieres que vaya a por algo?

Alicia se sintió un poco más tranquila al ver que él también estaba nervioso.

Le colocó la mano sobre el brazo y le sonrió.

–Está todo perfecto. Siempre y cuando me invites luego a cenar.

–Por supuesto.
–¿Siempre ves las pelis en versión original? –inquirió Alicia tratando de romper un poco el hielo.
–Ya sabes que soy un cinéfilo empedernido y, sí, lo prefiero.
–Pero en España hay muy buenos actores de doblaje –alegó ella.
–Cierto. Constantino Romero de Darth Vader era magnífico, pero prefiero ver la original, en la versión doblada se pierden muchos matices. Y, con esto, no quiero echar por tierra el magnífico trabajo de los traductores audiovisuales, pero... –Rio.
–Te entiendo. Aunque a mí sí me gusta ver las versiones dobladas. Excepto cuando le ponen a un actor la voz de otro.
–¿A qué te refieres?
–Pues a que de repente aparezca Hugh Grant en escena con una voz que no es la de su doblador habitual. Me corta todo el rollo. Tengo muy interiorizado a quién pertenece cada voz y si, de repente, en una película cambian en actor de doblaje ya no puedo pensar en otra cosa. Me desconcentro. Solo soy capaz de pensar en que esa voz no es la suya y ya no me entero de nada –explicó.
–Ninguna de esas voces es la suya –puntualizó Felipe.
–¡Ya sabes a lo que me refiero!
Él soltó una carcajada.
–No sabía que fueras tan maniática.
–Es lo que tienen los años de amistad con Marisa –se le escapó a Alicia. Y el comentario hizo que se rieran los dos para luego, quedarse en silencio y dejar que les invadiera la timidez una vez más.

Fijaron la mirada en los tráilers y Alicia permitió que Felipe la cogiera de la mano. Sin duda se sentía como una adolescente. Lo próximo sería que fingiera un bostezo para pasarle el brazo por encima del hombro.

Al cabo de unos minutos, comprobó que no entraba nadie más en la sala.

—No habrás reservado esta sala para nosotros, ¿verdad?

—Lo cierto es que no —respondió Felipe divertido—, pero me halaga que pienses que sería capaz de hacer algo así para conquistarte.

—Felipe... —A ella no le gustaba que sacara a relucir el tema.

—Mi querida, Alicia, ¡eso es precisamente lo que estoy intentando hacer! De nada sirve negar la realidad. Pero, no. Lo que pasa es que la clientela de este cine es como tú, más de la versión doblada. Gracias a eso parece que vamos a disfrutar de un pase privado.

Alicia se removió inquieta. Felipe tenía muy claras sus intenciones y sabía que el cine era el lugar ideal para que las intentara llevar a cabo. Estaba convencida de que lo hubiera hecho aun con gente alrededor, pero con la sala vacía... bueno, aquello se lo ponía en bandeja. Ahora mismo, era una presa fácil.

Los tráilers acabaron y comprobaron que tenían una sala gigante para ellos dos solos.

Pese a que estaban viendo una película bastante buena, a Alicia le resultaba misión imposible centrarse. Sus ojos permanecían fijos en la pantalla, pero, en su mente, solo podía pensar en las sensaciones que le provocaba el dedo pulgar de Felipe que le acariciaba el dorso de la mano con movimientos circulares.

¿Cómo era posible que un gesto tan simple la estuviera volviendo loca?

Estaba claro que él sabía muy bien cómo combatir en aquella guerra. Lo único que ella estaba haciendo era defenderse, pero cada vez lo hacía peor. Tal vez porque él hubiera encontrado el modo de superar sus barreras.

Cuando hablaban, solían terminar discutiendo, pero cuando la besaba, la acariciaba o simplemente la rozaba hablaban el mismo idioma. El idioma del amor. Y no en su versión doblada, no, era amor en versión original.

Sin pararse a pensarlo ni un momento, se giró hacia él, le puso la mano en el cuello y lo atrajo hacia ella lentamente.

Felipe se sorprendió, pero no se resistió. Se inclinó por encima del reposabrazos y, por primera vez, se lamentó de lo anchas que eran las butacas en aquel cine. No podía acercarse todo lo que deseaba. Llevaba días soñando con aquello. Años, en realidad. Desde aquella maldita noche en que se habían besado por primera vez no había dejado de pensar en ella. Tenía una segunda oportunidad y no iba a dejarla escapar.

No, la vida no podía negarle todos sus sueños.

Sus labios se entreabrieron y se posaron con suavidad sobre los suyos, atrapando con delicadeza su labio inferior y succionándolo con ansia. Su cabeza quería ir despacio, pero su boca y todo su cuerpo en general pensaban exactamente lo contrario.

Por lo visto a Alicia le sucedía lo mismo. No sabía muy bien qué arrebato le había hecho abalanzarse sobre él y no tenía claro cómo se sentiría después, pero ahora mismo, solo deseaba notar las manos de Felipe sobre su cuerpo y su boca sobre la suya.

Exhaló un gemido cuando sintió que él metía las manos por debajo de su blusa. Las grandes manos de Felipe la acariciaban y trataban de atraerla hacia él, pero la separación de ambas butacas les impedía estar lo cerca que ambos deseaban.

«A la mierda», se dijo a sí misma Alicia. Ya estaba perdida, por un poco más no importaba. En un hábil gesto, se levantó y se sentó a horcajadas encima de Felipe. Ahora sus manos podían acariciarle el pelo, y podía atraerlo aún más hacia ella.

Él gruñó satisfecho y la estrechó entre sus brazos.

Sus bocas encajaban a la perfección y pronto se olvidaron de dónde estaban. Lo único que sabían era que querían más, más, más...

Tanto, que Alicia sentía que le faltaba el aire.

—Será mejor que paremos —logró decir entre beso y beso.

Despacio, muy poco a poco, el ritmo de los besos fue bajando hasta que sus bocas consiguieron separarse.

Se quedaron así, muy quietos, abrazados el uno al otro y mirándose en silencio. Sin decir nada, Alicia volvió a sentarse en su asiento.

—Creo que has ganado la guerra —suspiró.

Felipe le pasó el brazo por encima de los hombros y la agarró atrayéndola hacia él. Alicia apoyó la cabeza sobre sus hombros y se relajó al fin, disfrutando de lo que quedaba de película.

Salieron del cine cogidos de la mano, se habían perdido gran parte de la proyección, pero sin duda el precio de la entrada era barato para lo que ambos habían ganado.

Querían ir a cenar a algún sitio tranquilo, pero resultó que estaba todo tan abarrotado de gente y con tanta cola que, a petición de Alicia, terminaron comprando la cena en el Mac Auto y llevándosela a su casa.

A pesar del momento que habían vivido, ninguno se atrevía a hablar más en serio de su relación y eso que los dos sentían que habían cometido errores. Felipe se sentía mal por todo lo sucedido en el pasado y por cómo había abordado la situación al encontrársela de nuevo. Alicia, por otra parte, seguía sintiéndose vulnerable, pero sabía que no le había puesto las cosas nada fáciles a Felipe y que se había comportado como una chiquilla. Los dos tenían cosas que echarse en cara y cosas de las que arrepentirse, pero el beso que se habían dado parecía haberlo borrado todo, era como si les hubiera llevado directamente a la casilla de salida.

Podían empezar de nuevo.

Terminaron de comerse los *nuggets* con patatas que habían pedido y estaban recogiendo las cosas cuando Alicia vio que Felipe miraba el reloj.

–¿Qué hora es?

–La una –respondió con un tono de voz un tanto preocupado.

–¿Tienes prisa? –Le extrañaba el modo en que había consultado la hora, pero no creía en serio que estuviera pensando en marcharse.

Él la agarró por la cintura y la besó en el cuello. En el mismo lugar donde todavía quedaba una pequeña marca de la que él había sido causante.

–¡Ni se te ocurra repetirlo! –le amenazó Alicia medio en broma medio en serio–, estoy harta de ir con foulard.

–Pero si ya se acerca el invierno…

Negó con la cabeza.

–Está bien. –Rio.

Alicia se dio la vuelta y quedó de pie frente a él. Se puso de puntillas para llegar a sus labios y besarlo.

Cuando sus labios le rozaron, Felipe olvidó todos los motivos que le habían llevado a consultar la hora y preocuparse. Era imposible pensar en nada más cuando sus cuerpos estaban tan cerca.

Lo único que quería ahora mismo era desnudarla y perderse en ella.

Señaló con la cabeza el piso de arriba del loft y ella asintió. Subieron las escaleras sin soltarse, él abrazándola por la espalda, y apagaron la luz. La oscura huerta a sus pies y la silueta iluminada de la costa de Valencia de fondo, como únicos testigos a través del amplio ventanal de la vivienda.

Felipe le apartó el pelo del cuello y la besó con delicadeza.

–Tranquila –susurró con voz ronca–, no voy a repetirlo. Hoy quiero recrearme en otras partes...

Alicia sintió que un hormigueo recorría todo su cuerpo y echó la cabeza hacia atrás, dejándose llevar por las sensaciones que el roce de su barba contra su piel y sus cálidos besos le provocaban.

Al mismo tiempo, las manos de Felipe comenzaron a desabrochar con lentitud su camisa. No tenía ninguna prisa. Ya se había olvidado de la hora que era y todas sus prisas se habían esfumado.

Ahora mismo, no estaba pensando con la cabeza.

La tumbó sobre la cama y se inclinó sobre ella. Besándola al tiempo que se iban desnudando el uno al otro. Habían esperado tanto aquel momento que los dos deseaban que durase eternamente. Sin embargo, conforme sus cuerpos se fueron adueñando de la situación, los besos lentos y dulces fueron volviéndose más apasionados, más furiosos, más agresivos. Parecía que no tenían bastante el uno del otro.

A Alicia le gustaba sentir el peso del cuerpo de Felipe sobre ella. Se sentía menuda y delicada. Le excitaba el modo en que le acariciaba los pezones y como los rozaba con su perilla al metérselos en la boca.

Sintió que se humedecía al instante y, sin pensarlo, se llevó la mano a la entrepierna.

Felipe sintió que aquello escapaba a su control, al verla así, tocándose de esa manera. Iba a volverse loco.

—Joder, Alicia, joder —masculló entre dientes, excitado como jamás lo había estado—. No puedo esperar.

—No lo hagas.

En una invitación, abrió las piernas y le rodeó por la cintura, atrayéndolo hacia ella.

Felipe se introdujo en ella con facilidad y empezaron a moverse al unísono. Toda la excitación que habían contenido en el cine explosionó ahora como si se tratase de fuegos artificiales.

Permanecieron en esa misma posición, quietos y abrazados, sabiendo que lo que acababa de suceder, lo cambiaba todo entre ellos.

Nada volvería a ser lo mismo.

Felipe salió de allí sin hacer ruido. Le habría encantado quedarse y dormir abrazado a Alicia toda la noche, despertarse a su lado... pero no podía. Tenía obligaciones. Cuando había quedado con ella para ir al cine no había imaginado que las cosas fueran a salir tan bien, ni que fuera a hacérsele tan tarde. Tenía que volver a casa No le quedaba otra. Así era la vida.

Su vida.

Sabía que iba a pagar caro lo que acababa de hacer. Cuando Alicia se despertase y viera que se había marchado, volvería a levantar un muro contra él. No un muro cualquiera, no. Iba a levantar el Muro. Se jugaba el cuello a que tendría que pelear contra la Guardia de la Noche para que lo perdonase.

Más le valía no encontrarse a Jon Nieve.

CAPÍTULO 13

La madre del novio

Alicia había perdido la cuenta del número de días que se había presentado a trabajar ojerosa y sin haber dormido apenas en las últimas semanas. Hoy hubiera sido uno de esos. Gracias a Dios era sábado.

Después de la cita del viernes con Felipe, se había sentido más feliz que nunca. Ni cuando obtuvo su primera matrícula de honor, ni cuando la admitieron en el máster de la Universidad de Westminster, por citar dos de sus momentos más eufóricos. No. Lo que había sentido con él, sencillamente no podía compararse a nada. Y mucho menos a lo que otros hombres habían provocado en ella.

No es que hubieran sido muchos, porque ella siempre había estado centrada en su carrera profesional y después del chasco que se había llevado con su profesor no había vuelto a abrirle el corazón a nadie, pero sin duda era porque nunca había sentido por nadie lo que sentía por él.

Sin embargo, toda esa felicidad se había venido

abajo cuando había abierto un ojo a las tres de la mañana y había descubierto que estaba sola en la cama.

Felipe se había esfumado.

Le había enviado un *whatsapp*, pero no sabía muy bien cómo interpretarlo.

Espero que no te enfades cuando veas que me he marchado sin decir nada. No quería despertarte. Tengo una urgencia familiar, lo siento. No levantes la muralla china a tu alrededor, no te enfades y, por favor, no me apartes otra vez de tu lado. Te llamo mañana. :*:*:*

Lo de la muralla le sacó una sonrisa, pero lo del asunto familiar le daba muy mala espina. ¿Asunto familiar a esas horas de la madrugada? ¿Es que estaba casado? ¿O es que tenía hijos? No tenía ni idea de lo que era, pero estaba segura de que no iba a gustarle la respuesta.

No logró volver a conciliar el sueño, ni siquiera con la infusión doble que se tomó y, en consecuencia, ahora estaba, una vez más, hecha un asco y esperando la llamada para saber, de una vez por todas, a qué atenerse.

Felipe sabía que la había cagado otra vez. Por lo visto, se le daba mejor de lo que él pensaba, porque no paraba de hacerlo. ¡Y él que se creía don Perfecto! ¡Ja!

Pero, claro, no podía no aparecer por casa. Una cosa era salir unas horas y otra no volver en toda la noche. Para empezar, porque no quería someterse a ningún interrogatorio por parte de su madre.

Eso era lo que conllevaba seguir viviendo en la casa familiar con treinta y ocho años. Su madre no le había conocido una novia formal en toda su vida y sabía que era algo que ansiaba, porque Maruchi quería convertirse en abuela y poder jugar con sus nietos y disfrutar de ellos antes de que la enfermedad fuera más fuerte que ella.

Para su desgracia, la única mujer por la que él se había interesado de verdad había permanecido fuera del mapa diez años y las que había ido conociendo en el camino, bueno... Felipe tenía muy claro que ninguna de ellas era la mujer de su vida, así que ¿para qué presentárselas?

La persona que fuera a compartir su vida con él iba a tener que adaptarse a sus circunstancias.

Así, las cosas, todo parecía bastante complicado, porque encontrar a una mujer que quisiera vivir con su suegra no parecía tan sencillo.

Felipe sabía de los sueños de Alicia y no quería ser él quien le cortase las alas, pero ahora estaba en Valencia, trabajaban juntos y sentía algo por ella. No intentarlo hubiera sido del género tonto. Además, es que aunque hubiera querido alejarse de ella le hubiera resultado imposible. Cuando la tenía al lado, sentía que por fin tenía todo eso que siempre había soñado.

Tal vez, toda su vida había estado equivocado. Puede que renunciar a trabajar en la Unión Europea no fuera tan importante. Quizás compartir su vida con alguien como ella era lo que de verdad necesitaba y presentía que había vuelto a estropearlo todo.

Salir de su casa sin decirle nada no había sido una buena idea con todo lo que ya cargaban a sus espaldas.

¡Joder! ¿Por qué había tenido que hacerlo? Se dio en la cabeza con la palma de la mano y se maldijo por ser tan gilipollas.

Alicia estaba harta de mirar la pantalla del móvil y además se aburría como una ostra. Lo mejor sería salir de casa, se estaba volviendo loca ahí encerrada, y ya se le habían ocurrido toda clase de ideas absurdas acerca de por qué Felipe se había largado en plena noche.

Podía ir a ver a Marisa. Que le contase cómo había ido la ecografía y a ver qué opinaba del asunto de Felipe...

De camino al ático de su amiga, no se le ocurrió otra cosa mejor que llamar a Lidia y decirle que la acompañase.

—¡Ni de coña, Ali! ¿Qué pinto yo en casa de esa estirada?

—Esa estirada es mi amiga —replicó con voz calmada para que no se alterase—, y está haciendo reposo, no puede moverse de casa. Necesito quedar con las dos y como no puede ser en otro sitio tendrá que ser allí.

—Pero, ¿sabe que yo también voy? ¿Y le ha parecido bien? —preguntó incrédula.

—Claro que sí —mintió Alicia rezando para que Marisa no montara un numerito cuando llegaran—. La maternidad le ha suavizado mucho el carácter.

—Eso sí que tengo que verlo... está bien, pero espérame en el portal, no pienso subir yo sola a visitarla.

—Vale, nos vemos en una hora, que todavía estoy sin duchar.

Lidia esperaba impaciente a que llegase Alicia. Aunque tenía una autoestima muy alta, Marisa siempre la hacía sentirse inferior. Parecía que esa chica conseguía todo lo que se proponía: un brillante futuro laboral, un marido encantador y ahora ¡un bebé en camino! Esa gente tan fastidiosamente perfecta le daba ganas de vomitar. Encima, era mona. No es que llamara tanto la atención como ella, pero no podía negarse que era guapa.

Unos minutos después, Alicia llegó, llamó al timbre y Marisa les abrió el portal. Cuando las vio salir del ascensor, los ojos casi se le salieron de las órbitas. Lidia se giró hacia Alicia, molesta, y susurró:

—Con que le parecía estupendo que yo viniera, ¿eh? Pero si parece una olla exprés a punto de estallar.

Alicia se encogió de hombros:

—Lo siento. Ya te he dicho que necesitaba que las dos me dierais consejo. No te hubiera convencido si te digo lo contrario.

—¿¿Qué estáis cuchicheando?? —interpeló Marisa—. Encima de que traes a gente non grata a mi casa, os ponéis a cuchichear en mis narices.

—Relájate, Marisa —pidió Alicia mientras entraban.

—Ten. —Lidia le tendió de mala gana a Marisa la caja de bombones que le había comprado en la pastelería en un arranque de bondad.

—¿Para mí?

—Sí. Enhorabuena. No he querido coger nada para el bebé por prudencia.

—¡Eres la primera persona que me regala algo! —exclamó alborozada mientras se le echaba encima y la abrazaba.

Lidia, gesticulando por detrás de ella, le preguntó a Alicia extrañada:

—¿Qué le pasa?

—Debe de ser cosa de las hormonas. —Rio—. Por cierto, ¿cómo ha salido la ecografía del primer trimestre?

Santi salió de su despacho y, como solía hacer desde que Marisa estaba en reposo, se ocupó de servirles algo de beber y de comer.

—Fenomenal. Nos han dicho que parece niña, pero es demasiado pronto para afirmarlo. Habrá que esperar por lo menos hasta la semana dieciséis para saberlo con certeza.

—Vaya, vaya... ¿no te da miedo que haya una mini Marisa por aquí? –preguntó con malicia Lidia que recibió un codazo de Alicia por la impertinencia.

—Lo cierto es que estoy encantado. Sé que muchos hombres tienen preferencia por los chicos, pero, y aunque parezca muy tópico, solo quiero que venga bien.

Estaba a punto de desaparecer tras la puerta de su despacho cuando Alicia lo llamó:

—Santi, ¿por qué no te sientas con nosotras? He venido a pedir consejo y estoy segura que el tuyo será de gran ayuda.

—No sé por qué, pero intuyo que esto está relacionado con Felipe y me parece que no tiene nada que ver con el plano profesional, ¿me equivoco?

—En absoluto.

—Vaya, vaya. Así que, ¿habéis resuelto vuestras diferencias?

—Podría decirse.

—¡No puedo creerme que te hayas acostado con él, Ali! –chilló alborozada Lidia–, aunque no debería resultarme tan raro después de lo del chupetón del otro día.

—¿¿Os habéis vuelto locos?? Dime por favor que nada de esto ha sucedido en alguno de los congresos en los que habéis ido a interpretar. –Suplicó Marisa.

—¿Crees que estoy loca? –replicó al instante, tratando de evitar que su mente viajara a ese momento tan incómodo y tenso en el que ambos se habían quedado encerrados dentro de la cabina de interpretación –Pues claro que no.

–Alicia, que nos conocemos...

–¡Marisa, no seas impertinente! Ya te he dicho que no. Nunca se me ocurriría correr semejantes riesgos en el trabajo.

Lidia soltó una risita al tiempo que daba un trago a su Coca Cola y se llevaba una papa a la boca.

–¿Qué? –resopló Marisa.

–¿Te ha contado lo del chupetón? Tuvo que ir a la interpretación del otro día con un foulard tamaño XXL. Casi le da un síncope del calor que pasó.

–¡¡Ali!!

–No fue para tanto, Marisa, no hagas caso a las provocaciones de Lidia. –Inconscientemente, se llevó la mano al cuello, donde todavía quedaba algún rastro del momento de pasión que había vivido con Felipe.

–Bueno, ¿y respecto a qué querías que te aconsejáramos? –intervino Santi antes de que entre su mujer y Lidia estallase la Tercera Guerra Mundial.

–Anoche... Felipe y yo... –Le daba mucha vergüenza decirlo delante del marido de su amiga.

–Sí. Anoche te acostaste con él –dijo Lidia con naturalidad–. ¿Cuál es el problema?

–Que me he despertado a las tres de la mañana y se había ido.

–¿¿Qué?? –Las voces de Lidia y Marisa se escucharon al unísono. Vaya, era la primera vez que coincidían en algo.

–Que no estaba, se había ido sin avisar. Me ha mandado un mensaje disculpándose, decía que tenía una urgencia familiar.

–¡Está casado!

–¡Tiene hijos!

Estaba claro que para ponerse en lo peor sus amigas sí estaban de acuerdo.

—¿Por qué no esperas a que te llame y te lo explique?

Gracias a Dios que la sensatez de Santi estaba allí, porque esas ideas también se le habían pasado a Alicia por la cabeza y escucharlas en voz alta no ayudaba a que se sintiera mejor.

—¿Tú crees?

—Si te ha mandado un mensaje cariñoso, se ha disculpado y te ha dicho que te llamaría; deberías esperar a que lo hiciera.

Su mujer y Lidia lo miraron escépticas.

—Concédele el beneficio de la duda.

El sonido de un teléfono interrumpió la conversación.

—¿Lo ves? —se carcajeó Santi—, siempre poniéndoos en lo peor. ¡Pobre chico!

Alicia cogió el móvil, se levantó del sofá y salió a la terraza. Aunque hubiera acudido allí a hablar con sus amigos de Felipe, no le apetecía mantener la conversación en público.

—Hola —saludó cortante. Puede que no fuera nada, pero el hecho de que la hubiera dejado sola después de lo que había pasado entre ellos la hacía volver a sentirse insegura y nada mejor que una buena barrera para protegerse.

—¿Estás muy enfadada conmigo? —Felipe fue al grano.

—Un poco —admitió.

—Lo entiendo. Y lo siento. Lo siento mucho, de verdad. Yo... no quería marcharme, Ali. —Ella sonrió al oír como la llamaba cariñosamente por el diminutivo que utilizaban sus amigas. De sus labios sonaba todavía mejor–. Estabas tan dormida que me supo mal despertarte...

–Felipe –cortó Alicia–, ¿a qué te referías con eso de la emergencia familiar? ¿No estarás casado? –No le había visto ningún anillo, pero a lo mejor se lo había quitado para que no sospechase.

–Yo tenía que irme, porque... –¿Cómo explicarlo sin que sonara ridículo?

–Si quieres que esto se solucione será mejor que me digas por qué te largaste.

–Yo...

–Lo digo en serio –amenazó.

–Es que vivo con mi madre –soltó de golpe.

A Alicia se le cayó el teléfono al suelo y la voz de Felipe se perdió entre el sonido de los coches que circulaban por la calle.

Desde dentro, Santiago, Marisa y Lidia observaban la escena, atónitos.

¿¿Felipe vivía con su madre?? ¡Pero si tenía 38 años!

De pronto se vio a sí misma reflejada en la imagen de Jennifer López en *La madre del novio*. Recordaba a la perfección el papel que Jane Fonda había encarnado en la película: el de una diabólica suegra que pensaba que no había ninguna mujer lo suficientemente buena para su hijo.

Esperaba no tener que enfrentarse a algo así.

CAPÍTULO 14

Pareja y residentes en Valencia

Tras el shock inicial, Alicia aceptó el hecho de que un hombre de la edad de Felipe viviera con su madre. Dentro de lo malo, era mucho mejor que si hubiera estado casado o separado con hijos. Si no se había independizado es que todavía no había encontrado un motivo para hacerlo.

Bueno, pues ella se lo daría.

Todavía era pronto, pero no podía evitar sentirse ilusionada ante la perspectiva de su recién iniciada relación.

Los dos pasaban muchísimo tiempo juntos, porque Felipe, que nunca había tenido un compañero fijo de cabina, la llamaba ahora para cada trabajo que le salía y ella hacía lo mismo con los suyos. Cada interpretación suponía un reto para Alicia, que quería demostrarle lo buena que era. Seguía poniéndole nerviosa tenerlo al lado, pero ahora eran otro tipo de nervios: sabía que él estaba siempre a su lado para echarle una mano si hacía falta y no tenía miedo de recibir una bronca si cometía un error, estaban en eso juntos y lo que tenían que hacer era complementarse.

Una mañana, acudieron al Palacio de Congresos a una convención de medicina para la que les habían contratado y, al llegar, Cristina, que era la organizadora del evento se presentó ante ellos un tanto apurada.

–Tengo un problema.

–¿Qué ocurre? –inquirió Felipe con calma.

–El caso es que yo tenía entendido que los ponentes serían los médicos extranjeros y que vosotros interpretaríais al español, pero acabo de enterarme de que algunos de los médicos valencianos también van a intervenir en las ponencias y necesito que se interprete al inglés para que los que han venido de fuera pues... esto... se enteren de algo.

–¿De valenciano a inglés? –preguntó Felipe.

Cristina asintió.

–Pero eso es una interpretación de otro idioma – protesto Alicia–, debería hacerla un intérprete de valenciano. ¿Cómo no lo habéis previsto?

La mujer enrojeció, se disculpó con la boca pequeña y salió de la cabina. Algo le dijo a Alicia que no es que no lo hubieran previsto, es que más bien se lo habían querido ahorrar. Las interpretaciones simultáneas no eran precisamente baratas y estos habían querido tener dos por el precio de una. ¡Impresentables! En un arrebato, Alicia estuvo a punto de coger las cosas y largarse. Esas cosas le ponían enferma. Felipe la sujetó del brazo y trató de calmarla.

–Impresentables o no –le dijo como si le hubiera leído la mente–, son clientes y no nos interesa perderlos. Aunque la próxima vez nos aseguraremos de que contratan a alguien para las ponencias en valenciano.

–Pero yo no hablo valenciano...

–Da igual, solo tienes que comprenderlo, lo interpretarás al inglés. Y yo voy a estar a tu lado.

Como si eso fuera tranquilizador.

–Deja de ponerte nerviosa. Estoy aquí para ser tu apoyo. Y tú para ser el mío. Empecemos a comportarnos como la pareja que somos.

–¿Pareja?

Felipe asintió.

–¿De cabina?

–De todo –respondió antes de cogerla entre sus brazos y darle un beso largo y lento que hizo que a Alicia le temblaran aún más las piernas.

–No me estás ayudando nada a relajarme... –gruñó.

Dos horas más tarde, Alicia chorreaba de sudor. Esta vez no era culpa de ningún chupetón ni de que estuviera más abrigada de lo que debiera, no. Es que era imposible seguir a aquel tipo. No se le entendía nada. ¡Joder! ¿Cómo podía resultarle más complicado entender a ese hombre que era de su tierra que a los americanos que habían venido? Y eso que ella siempre se había quejado de lo difícil que le resultaba el acento americano porque estaba acostumbrada al británico. Aquel tipo tenía una manera de hablar tan peculiar que era imposible entenderle, incluso entendiendo bien el valenciano. ¡Parecía Mariano Ozores! La mitad de lo que decía era ininteligible.

¿Ha dicho *estómac* o *esòfag*?

Le pasó la nota a Felipe rezando porque él estuviera entendiendo algo más que ella. En vez de un congreso de medicina, la charla que estaba dando aquel tipo parecía uno de los numeritos del fallecido cómico en el *Un, dos, tres*. Solo que no tenía ni la más mínima gracia.

Alicia sentía que en cualquier momento las Tacañonas harían sonar la campana para alertar a todo el mundo de que acababa de cometer un error interpretando.

Y ahora, ¿*laringe* o *faringe*?

Cuando terminó la jornada laboral, suspiró aliviada.

—¡No puedo creer que esta clase de especímenes sean radiólogos reputados!

Felipe rio con ganas y asintió con la cabeza. No podía estar más de acuerdo.

—Lo he hecho fatal, ¿verdad? —le preguntó cabizbaja.

—¡Qué va! Has estado bastante fina. Mejor que yo, incluso —reconoció—, y eso es mucho decir. ¡No sé cómo has conseguido entender a ese tipo!

—Ha sido horrible... lo cierto es que haber sido seguidora del mítico programa de Chicho Ibáñez ha sido de bastante ayuda, porque, la verdad, esto parecía de todo menos un congreso.

—Sí, solo ha faltado que nos presentaran: «Alicia y Felipe, son pareja y residentes en Valencia».

A Alicia le gustó que Felipe recalcara que eran pareja y, lo de que vivían en Valencia, bueno, ojalá algún día pudieran ser residentes en Bruselas o Nueva York. Vería cumplido su sueño y se quitaría el problema de la suegra de encima.

Hacía tiempo que no había convocatorias de examen para las plazas de la Unión Europea y la ONU, pero sabía que antes o después llegaría su momento y estaba segura de que Felipe lo aprovecharía también.

No podía estar más equivocada. Si como concursante hubiera elegido esa tarjeta, se hubiera vuelto a casa con Ruperta.

CAPÍTULO 15

La convocatoria

Alicia descolgó el teléfono y lo primero que escuchó fue el estridente tono de voz de Marisa chillándole al oído.

—¡¡Han salido, han salido!!

No le especificó qué era lo que había salido, pero se conocían bien y sabía que se refería a que habían abierto alguna de las convocatorias para la oposición a intérpretes que ambas llevaban años esperando.

Contuvo la respiración.

—¿Cuáles? —Porque Nueva York era su máxima aspiración.

—Intérprete de conferencias para la Unión Europea.

No estaba mal, nada mal. Y no sería fácil conseguirlo. Llevaban años viendo como salían plazas para otros idiomas, pero el español llevaba años sin estar incluido.

—¿Vienes a casa y rellenamos juntas la solicitud?

Le apetecía contárselo a Felipe y hacerlo con él. Seguro que también quería intentarlo, pero Marisa y ella llevaban mucho tiempo peleando por ese sueño juntas y no estaría bien dejarla ahora en la estacada. Menos cuando llevaba semanas enclaustrada sin poderse mover. Se lo debía.

Felipe iría a cenar con ella por la noche. Tenía tiempo de sobra de contárselo. Igual era una ilusa, pero ya se veía cogida de su mano, paseando por la Grand Place y comiendo gofres y patatas fritas.

–¡Voy para allá! –chilló alborozada.

Por fin había llegado el momento que tanto había ansiado.

–Los requisitos los cumplimos: dominio perfecto de una lengua europea –leyó Marisa.

–El español. Ja, ja, ja.

–Buen nivel de otros dos idiomas adicionales como mínimo, obligatoriamente francés, inglés o alemán –continuó.

–Hecho: francés e inglés. El alemán casi mejor ni mentarlo –se lamentó Alicia que nunca había conseguido cogerle el truco a aquello de los casos cuando daba latín en el instituto y mucho menos a la lengua sajona años después.

–Titulación específica.

–Licenciadas en Traducción e Interpretación y un máster en Interpretación de Conferencias.

–Y, por último, un año de experiencia en actividades relacionadas.

–¡Tenemos unos cuantos más!

–Pues a rellenar la solicitud.

Marisa estaba muy ilusionada, pero Alicia se daba cuenta de que algo no cuadraba. Los exámenes solían llevarse a cabo en los meses de junio o julio y, para esas fechas, su amiga estaría con un bebé de apenas cuatro meses en brazos.

¿Cómo pensaba hacerlo?

Además, Santiago tenía una plaza fija en la unidad de pediatría del Hospital de la Fe, ¿es que acaso iba a pedirle que renunciara a ese puesto para seguirla hasta Bélgica? ¿O pensaba dejarlo aquí y marcharse con el bebé?

Se dijo a sí misma que, si no quería llevarse una bordería por respuesta, sería mejor no sacar a relucir el tema. Cuando llegase el momento todo caería por su propio peso.

Sintió una punzada de tristeza por su amiga. Tanto tiempo esperando esa convocatoria, y llegaba en el momento más inoportuno.

Lo primero era concentrarse en rellenar la solicitud correctamente, ya que de ella dependía que pasaran la fase de admisión. Tras un par de horas rellenando cuestionarios, datos del currículum, anotaron por último los nombres y contactos de las personas que iban a poner como referencia.

Las dos eligieron a Felipe como una de ellas.

—Ahora a cruzar los dedos —dijo Marisa.

—Y a esperar pacientemente. Estos procesos suelen tardar un tiempo, puede que hasta dentro de un par de meses no sepamos si nos convocan a las pruebas o no.

—Esto de esperar que pase el tiempo es algo que se me está empezando a dar muy bien... No sabes cómo me aburro de estar tantas horas en casa.

—Y ¿por qué no te buscas una ocupación alternativa? Algo que mantenga tu mente ocupada. Además de ver series e inflarte a leer novela erótica. –Alicia observó sorprendida la pila de libros que había sobre la mesa de café. Nunca hubiera imaginado que Grey, Gideon y compañía fueran el tipo de entretenimiento que le hubiera gustado a alguien como Marisa. Estaba claro que las hormonas le habían afectado. Y mucho.

–Sí. Tal vez lo haga.

A las nueve de la noche, Felipe se presentó en el loft de Alicia. Esta le abrió la puerta y el olor a patatas fritas, mejillones al vapor y gofres de chocolate le recibió, dándole una bofetada donde más le dolía.

–Y ¿esto? –preguntó Felipe, a quién, cualquier cosa que le recordara a Bruselas, le malhumoraba.

–Una cena típicamente belga.

–Eso ya lo veo.

–Es pronto para celebrar nada, porque da mal fario, pero me ha apetecido preparar esta cena porque, ¡hoy ha salido la convocatoria para las pruebas de intérpretes de conferencias en la Unión Europea!

Vaya, Felipe recordaba perfectamente el día que había rellenado su solicitud y lo había hecho con tanta, o más ilusión de la que tenía Alicia.

–¿Quieres que rellenemos después de cenar tu solicitud?

–¿Perdona? –Felipe la observó sin comprender.

Alicia agachó la cabeza, avergonzada, antes de responder:

–Yo ya he rellenado la mía con Marisa. Quería hacerlo contigo, pero sé que le hubiera dolido que no lo hiciéramos juntas, no te importa, ¿verdad?

Felipe no sabía qué contestar a aquello.

–No, no, claro que no –masculló tratando de ocultar lo que todo aquel asunto le molestaba–. Y no te preocupes, ya lo rellenaré con tranquilidad desde casa. Hoy prefiero hacer otras cosas.

Como dejar la mente en blanco y perderse en su cuerpo para poder olvidar que, una vez más, la vida se la volvía a jugar. Bruselas iba a llevarse otro de sus sueños y no iba a poder hacer nada para evitarlo.

O tal vez sí. Sonrió malicioso.

El sonido del microondas captó su atención y el olor a chocolate belga inundó la casa. Alicia se acercó para sacar el tarro y untar los gofres, pero quemaba y lo lanzó, sin pensarlo, por los aires.

–¡Mierda!

Felipe, en un acto de buenos reflejos, alargó la mano y lo cazó como si de una pelota de béisbol se tratase. Lo dejó sobre la encimera de la cocina, antes de quemarse él también.

–¡Por poco! –exclamó Alicia aliviada.

–Olvídate de la cena. Vayamos al postre directamente. Se me ocurre algo mucho mejor que hacer –dijo con lascivia–, ¿tienes algún pincel de repostería?

Alicia se dejó llevar por la magia del ambiente y se olvidó de todo lo relacionado con el trabajo. Con rapidez, abrió un par de armarios hasta que encontró lo que Felipe le pedía.

Sin poder evitarlo y, queriendo provocarle un poco, se cercioró de que el chocolate líquido ya no quemase, metió un par de dedos en él y se los llevó a la boca, lamiéndolos con avidez sin dejar de mirarle fijamente.

A Felipe le ardían los ojos, en parte por lo que la conducta de Alicia le estaba provocando y en parte por la rabia que le consumía, se dejó llevar por completo.

Se acercó a ella y, cogiéndola por la muñeca, se metió los dedos en la boca, lamiendo los restos de chocolate que quedaban en un gesto que quería sirviera de ejemplo para lo que pensaba hacer con el resto de su cuerpo a continuación.

Le quitó la camiseta que llevaba y le desabrochó el sujetador, dejándola ante él desnuda de cintura para arriba. Con el pincel en una mano y el bote de chocolate en la otra, se plantó frente a ella fijando la vista en sus pechos.

Alicia sentía que le ardían las mejillas. No porque sintiera vergüenza, sino porque solo de imaginar lo que estaba a punto de suceder sentía que se consumía. Lo que Felipe provocaba en ella iba más allá de cualquier cosa que hubiera sentido nunca.

Con habilidad, Felipe trazó un círculo alrededor de cada uno de sus pezones, para luego chupar el chocolate muy, muy despacio.

Un cosquilleo recorrió el cuerpo de Alicia, que echó la cabeza hacia atrás y cerró los ojos. Felipe se relamió satisfecho y los pintó de nuevo, esta vez, cubriéndolos por completo. Tuvo que chuparlos a conciencia para borrar todo rastro de chocolate y se recreó mordisqueándolos y dando lametazos que hacían que ella gimiera sin poder evitarlo.

Felipe se arrodilló junto a ella, dejó el bote y el pincel sobre el suelo de la cocina y le desabrochó el vaquero. Luego le quitó una a una las botas y los calcetines y le bajó los pantalones hasta que ya no le quedó más ropa de la que despojarla.

–No se te ocurra moverte –jadeó mientras se disponía a pintar un camino que recorría la parte interna de sus muslos.

–Ah... Felipe... yo, no sé si puedo mantenerme en pie.

–No te muevas –repitió.

El cosquilleo del pincel sobre su piel, seguido de la cálida lengua de Felipe, le produjo un placer inmenso, tenía las piernas tan tensas por lo que estaba experimentando que apenas se sostenía, pero él se ocupó de sujetarla por la cadera mientras dirigía su lengua hacia esa parte de ella que hacía que se retorciera, excitada, como nunca lo había estado, en incontrolables espasmos.

Felipe la atrajo hacia él, para que no pudiera apartarse y se dejó llevar, saboreándola sin descanso. Alicia sintió que un relámpago recorría su cuerpo cuando llegó al clímax y, cuando la explosión terminó, se dejó caer sobre él, que la cogió en brazos y la subió a la cama.

–No creas que hemos terminado todavía.

Alicia sonrió.

–Cierto, yo todavía no he tomado postre –replicó mientras se adueñaba del bote de chocolate.

Felipe suspiró y se perdió en su cuerpo, olvidándose de todo lo que ella le había dicho al llegar a su casa.

Cuando la veía así, era incapaz de pensar con la mente.

CAPÍTULO 16

AHOGANDO LAS PENAS

Felipe, sentado frente a su ordenador, se debatía sobre qué hacer. Acababa de responder a la solicitud que le habían hecho sobre la candidata a las pruebas de la Unión Europea, Marisa González, y ahora tenía que rellenar la de Alicia Ballester.

Sabía que si no rellenaba la de Alicia, ella no se lo perdonaría nunca, pero si lo hacía la perdería para siempre.

Él había renunciado en una ocasión a su sueño de ser intérprete en la Unión Europea. Las cosas habían venido así, pero las había aceptado y, con el paso de los años, no se había arrepentido de la decisión que había tomado. Él era un buen hijo. Puede que no cobrara tanto, que sus ponencias no tratasen sobre los temas más candentes de la actualidad y puede que no tuviera el prestigio profesional que había anhelado, pero era bueno y lo sabía.

Tenía trabajo de sobra en Valencia y se sentía feliz viviendo con su familia y sus amigos cerca. Le gustaba el clima soleado y salir de fiesta. Nunca se había vuelto a ver en esta tesitura, pero el reencuentro con Ali lo había cambiado todo.

Durante los diez años de su vida en los que no se habían visto, todo había sido más sencillo. Había tenido ligues y no se había sentido presionado por nadie a dar más de lo que podía, pero con ella todo era diferente y los últimos acontecimientos lo aceleraban todavía más.

Él no era mala persona, pero había renunciado a demasiadas cosas en la vida y se negaba a renunciar a ella ahora. ¿Sería capaz de hacerlo?

«Qué jodida es la vida», pensó Felipe.

Había renunciado a Alicia para cumplir un sueño. Había renunciado a ella aun sabiendo que quizás era la mujer de su vida. Y luego había tenido que renunciar a su sueño por la mujer que le había dado la vida.

Pero ahora que el destino la había vuelto a poner en su camino no tenía por qué perderlas a ninguna de las dos.

«No quiero responder ese maldito correo, no quiero enviar ninguna recomendación y, sobre todo, no quiero que se marche».

Tras pasar un par de minutos rondando con el cursor por el icono de la papelera, finalmente eliminó el correo electrónico. Era la segunda vez que le ponía una traba en el camino a Alicia y sabía que esto era mucho peor que las dos décimas de la nota que le había bajado en su último examen de la carrera.

Trató de olvidarse de lo que acababa de hacer, sabía que no estaba bien, pero arriesgarse a perderla era algo a lo que no estaba dispuesto.

Estaba solo en casa y se alegraba de estarlo, porque no le hubiera gustado tener que darle a su madre ninguna explicación de por qué estaba últimamente tan cabizbajo. Por suerte para él, como todos los días de lunes a viernes por la mañana, Maruchi no estaba.

Se pasó la mano por el pelo. Nervioso. ¿Qué pasaría cuando Marisa recibiera un correo indicándole que había sido seleccionada para la fase de evaluación y Alicia no? ¿Qué le diría? Y ¿cuándo le preguntase si él había recibido algo? ¿Le confesaría que nunca había rellenado la solicitud?

Demasiadas preguntas a las que no sabía cómo responder, pues la única forma de salir airoso de ellas era mintiendo.

Necesitaba despejarse y solo se le ocurría un modo de hacerlo.

Sacó su traje de neopreno del armario, un bañador, una toalla y las llaves del coche. Se subió a su Smart y cogió la carretera del Saler en dirección a Cullera. Puso la música a todo volumen hasta que consiguió acallar sus pensamientos y, al cabo de cuarenta y cinco minutos, llegó al lugar que le había dado paz al morir su padre.

En la época en la que había fallecido, él solía ir a la piscina a hacer natación y allí descubrió que aquello le relajaba. Gracias a un compañero, conoció las travesías a nado. Resultaba que nadar en mar abierto conseguía que dejase la mente en blanco y que se olvidara de todo lo que le rodeaba. Empezó a apuntarse a competiciones locales y, cuando no había, solía ir a la costa de Cullera a entrenar.

Le gustaba aquella zona porque el mar era tranquilo y el agua estaba limpia. Además, no estaba a mucha distancia de Valencia, lo que le permitía ir y volver en el día sin complicación.

Necesitaba ahogar sus penas y, como él no era de los que bebían en exceso, decidió que lo mejor sería remojarlas en el Mediterráneo. Así, la sal de sus lágrimas se mezclaría con la del agua.

No le gustaba que lo vieran llorar.

Aparcó el vehículo y caminó con sus cosas hasta la playa. Estaba desierta y hacía bastante fresco, pero lucía el sol y el cielo estaba despejado. A pesar de que no había un alma en el paseo marítimo ni en la playa, se anudó la toalla a la cintura y se cambió con discreción.

Dejó caer la toalla y sus cosas sobre la arena y se dirigió al agua. Una fina capa de conchas machacadas cubría la orilla: era la zona donde las olas solían romper, pero esa mañana el mar estaba en calma.

Se zambulló en el agua y nadó. Nadó largo rato como si la vida le fuera en ello, dejando que el murmullo de las suaves olas penetrase en su cabeza, borrando el rastro de cualquier pensamiento o sentimiento de culpabilidad.

Él también tenía derecho a ser feliz. No era justo que la vida siempre se lo arrebatase todo y ni por asomo pensaba permitir que Alicia se alejara de él.

Una hora y media más tarde, cuando ya no pudo más, se dio la vuelta y se colocó mirando al sol, dejando que su cuerpo flotara en la superficie del agua y que los rayos de luz le acariciasen la cara. Trató de relajar el cuerpo, pero ni con todo el ejercicio que había hecho lo había conseguido. Seguía teniendo cada músculo de su cuerpo en tensión.

Al fin, agotado y con el cuerpo entumecido por el frío, pero sintiéndose algo mejor, se decidió a salir.

La calma le duró apenas unos segundos. Tenía un par de llamadas perdidas de Alicia y un *whatsapp*:

¿Quedamos esta noche? Creo que me apetece tomar un poco más de chocolate belga... ;)

A Felipe le entraron arcadas con el mensaje, no porque no lo hubiera pasado bien con Alicia la noche en la que se pintaron el uno al otro, al contrario, sino porque cualquier referencia al país de las coles le producía rechazo.

Además, ¿cómo iba a mirarla a la cara a sabiendas de lo que había hecho?

No lo sabía, pero era algo con lo que iba a tener que acostumbrarse a vivir el resto de su vida, porque no pensaba dar marcha atrás.

Tecleó un par de veces tratando de responderle, pero lo borró al instante. Quería verla, estar con ella y sentirla a su lado, pero no se atrevía a tenerla frente a él y mentirle con descaro, diciéndole que ya había enviado su referencia.

Siempre había pensado que en el amor y en la guerra todo valía. Empezaba a creer que quien quiera que fuera que se había inventado ese dicho, no tenía conciencia. Por desgracia para él, su Pepito Grillo interior no parecía tener intención de dejarle tranquilo.

Tendría que aprender a ignorarlo. Al fin y al cabo, nadie tenía que saberlo y había aprendido a superar cosas mucho más graves: como la muerte de su padre o renunciar a su sueño de convertirse en intérprete de conferencias para una gran institución... Esto no era más que un granito de arena en las montañas de problemas a los que había tenido que enfrentarse.

Solo se sentía completo cuando estaba junto a Alicia y se negaba a tener que separarse de ella. Lo que había hecho no podía estar tan mal. Solo se trataba de un trabajo. Lo que había entre ellos era algo mucho más importante.

Cogió el móvil de nuevo y respondió animado.
Por supuesto que quería verla.
No quería dejar de verla nunca.
Jamás había tenido algo tan claro como aquello.
Su único sueño siempre había sido Alicia. Puede que se hubiera dado cuenta un poco tarde, pero todavía lo tenía al alcance de la mano y de este no tenía ninguna intención de despertar.

CAPÍTULO 17

Nochevieja

Las semanas iban pasando y Alicia cada vez se ponía más nerviosa pensando que todavía no les había llegado ninguna notificación en referencia a su candidatura. Ni a ella, ni a Marisa, ni a Felipe. La Navidad estaba a la vuelta de la esquina, así que se hizo a la idea de que no les dirían nada hasta mediados de enero. Lo mejor sería olvidarse del tema. Estaba convencida de que pasarían el primer filtro y les convocarían a las pruebas.

Lo demás, ya se vería.

La vida transcurría tranquila. Felipe y ella estaban felices y se veían a todas horas. Pasaban mucho tiempo trabajando juntos, pero también salían por ahí: al cine, a desayunar, a cenar, a dar un paseo, a comprar... ¡cualquier excusa era válida para verse! Y lo cierto es que Alicia se sorprendió de lo sencillo que les resultaba compenetrarse y lo poco que discutían desde que habían aceptado lo que sentían el uno por el otro. Todo marchaba bastante bien, excepto por una cosa.

Felipe no se había quedado ni una sola noche a dormir en su casa y eso era algo que a Alicia le pesaba como una losa. Por no hablar que la posibilidad de ir a casa de él era algo que ni siquiera se mencionaba.

Vale, vivía con su madre, pero era un adulto: ¿cuál era el problema en que pasara la noche fuera? Ella no veía el inconveniente por ningún lado. Tal vez había algo más que no le había dicho, pero ese pensamiento no la consolaba en absoluto. ¿Por qué no se lo decía? ¿Seguía escondiéndole algo?

Alicia no quería presionarlo, prefería que se lo contase cuando estuviera preparado, pero eso no la hacía sentirse mejor. Era como notar que un pequeño nubarrón se colocaba justo sobre ella en medio de un caluroso y soleado día.

Felipe y Alicia se habían pasado la tarde de antes de Nochebuena haciendo compras navideñas juntos. Las fiestas las pasaría cada uno con su familia. A Alicia le hubiera gustado conocer a la madre de Felipe, porque así sabría a lo que atenerse, pero él no planteó la posibilidad y ella no se atrevió a sugerirlo.

Le asombraba la estrecha relación que su madre y él mantenían. Le había dicho que su madre era viuda y sabía que no tenía hermanos, por lo que, en cierto modo, lo comprendía. Con todo, no dejaba de parecerle un poco tóxico el tiempo que ambos pasaban juntos.

Resultaba muy extraño ver a un tipo como Felipe, con su metro ochenta y pico, su apariencia masculina, con su seguridad y su carácter, supeditado a los deseos de su madre. Por si no fuera bastante, hablaban por teléfono varias veces al día y eso era algo que crispaba los nervios de Alicia.

–Marisa y Santi me han dicho que si nos apetece ir a cenar a su casa en Nochevieja –le comentó mientras subían a casa en el ascensor.

–Me parece estupendo –respondió Felipe.

–Aunque también podríamos hacer una escapada a algún sitio tú y yo solos, ¿no? –sugirió para ponerlo a prueba. Deseaba tanto que le dijera que sí.

Se quedó callado y empezó a rascarse la nuca con la mano que tenía libre de bolsas.

–No sé... podemos ir en cualquier otro momento. ¿Por qué dejar a Marisa y Santiago solos para fin de año?

–Bah –replicó claramente molesta–. Di mejor que para que dejar a tu madre sola en fin de año.

Llevaba semanas conteniéndose y, al final, toda la crispación que llevaba acumulada acababa de salir de golpe.

–Mira, Alicia, las cosas no son tan fáciles.

–¡No me jodas, Felipe! –le espetó mientras se abría la puerta del ascensor y le pasaba por delante para abrir la de su casa–. Yo vivo sola y soy más joven que tú. Hace mucho tiempo que me independicé. Es cierto que la relación que yo tengo con mis padres no es tan estrecha como la que tienes tú con tu madre, pero ¡no entiendo que te comportes como si fueras un puñetero adolescente que no puede volver a su casa más tarde de las cuatro de la mañana!

–No me grites, Alicia. –Él trató de mantener la calma. Era un tema delicado, pero cuando ella sacaba las garras y empezaba una discusión le costaba un gran esfuerzo no entrar al trapo.

–No me digas lo que he de hacer cuando no eres capaz de vivir por tu cuenta.

–No sabes de lo que hablas. Deja el tema.

–¡No! No voy a dejarlo –Alicia estaba fuera de sí–. ¿Dónde está el problema? ¿Por qué tienes que esconderte bajo las faldas de tu mamá? –preguntó con sarcasmo–, ¿es que todavía no ha asumido que ya no eres un niñito de pañales?

Él la señaló con el dedo.

–Te estás pasando.

–¡Tú eres el que te estás pasando! Creía que éramos una pareja, pero cada vez que vienes a casa te marchas en medio de la noche como si yo no fuera más que tu amante. ¿Cómo crees que me siento? –soltó antes de estallar en un llanto incontrolable.

–¡Joder, Ali! No llores. –A pesar de lo enfadado que estaba por todo lo que acababa de decirle, se acercó a ella y la abrazó.

Alicia hundió la cabeza bajo su hombro y lloró con amargura.

–¡Es que no lo entiendo! –se lamentó–, no puedo entenderlo, Felipe…

–Shhhh, tranquilízate –le susurró al oído mientras enredaba sus dedos en su melena y la acariciaba.

Cuando Alicia dejó de llorar, él la cogió de la barbilla para que le mirase a los ojos. Tenía la nariz roja, el maquillaje hecho un desastre y los ojos hinchados y, aun así, a él le pareció que estaba guapa. Se la veía tan vulnerable.

Cuando se enfadaba era como un ciclón, podía arrollarlo todo a su paso, pero después de la calma era tan solo una niña indefensa.

–Te quiero –le dijo por primera vez desde que estaban juntos–. Pase lo que pase, no quiero que lo dudes ni un segundo.

Los labios de Alicia formaron una pequeña sonrisa y se sintió ridícula por todo lo que acababa de pasar. Agachó la cabeza, no se atrevía a mirarlo.

–Soy odiosa, lo siento –murmuró entrecortadamente.

–No eres odiosa. Es que tienes muy mal genio, especialmente cuando se trata de mí.

–Yo...

–Olvídalo.

–Yo también te quiero, Felipe.

Se fundieron en un abrazo, que dio paso a un beso, que dio paso a otras cosas que hicieron que todo lo que había propiciado la discusión quedase en un segundo plano.

Las palabras de Felipe habían supuesto un bálsamo de paz para Alicia que, aunque no se sentía satisfecha del todo, si que había ganado bastante confianza en sí misma.

Recordaba perfectamente las noches interminables que había pasado durante sus últimos años de carrera pensando en él, soñando que algún día la besaría y le diría que sentía algo por ella.

Deseaba que sucediera, pero le parecía un sueño imposible. Inalcanzable.

Ahora, por fin se lo había dicho. La quería. Y había pronunciado aquellas palabras con tal sinceridad que aunque las cosas no fueran exactamente como ella deseaba, lo creía. Porque eso era lo que le hacía sentir cuando estaba a su lado.

Se sentía protegida, cuidada, respetada, admirada… ¡Felipe la hacía sentir tan importante! Cuando fijaba sus ojos negros en ella se sentía deseada, se sentía guapa. La lista de cosas que provocaba en ella era interminable.

Se puso un conjunto que se había comprado ex profeso para Nochevieja. Por una vez, quería estar sexy. Al final, se habían ceñido al plan inicial y cenarían en casa de Marisa y Santi. Sorprendentemente, al evento se habían sumado Lidia y Jesús que se habían convertido en una curiosa pareja de hecho. Se compenetraban a la perfección y habían descubierto que tenían muchas cosas en común, así que solían quedar para ir a bailes latinos, ir de compras y ¡hasta ir al gimnasio!

Marisa, que desde el día en que Lidia le había traído la caja de bombones, parecía sentir mayor aprecio por ella, no había puesto ningún problema y, además, ya conocía a Jesús y, como todo el mundo, lo adoraba.

Cuando Felipe pasó por su casa a recogerla no pudo evitar quedarse embobado mirándola.

Alicia llevaba unos botines negros y un mono a juego que resaltaba su esbelta figura. Se había planchado el pelo y se había maquillado los ojos con un efecto ahumado que resaltaba su color.

–Cierra la boca, cariño.

–¡Menos mal que no te ponías estas cosas cuando venías a clase o hubiera terminado despedido!

–Pues espera a que me quite el abrigo.

Cuando entraron en el ático de sus amigos, Felipe esperó ansioso a ver lo que había debajo y se quedó estupefacto al comprobar que el mono negro de Alicia llevaba toda la espalda al aire.

Sin ser casi consciente de lo que hacía, recorrió con

el dedo índice su espalda de arriba abajo, deteniéndose justo encima de su trasero.

Alicia sintió un escalofrío.

–Espero que luego sigas bajando por ese camino –le susurró para que nadie los oyese.

–No te quepa ninguna duda.

–¡Venga, tortolitos! Pasad y echad una mano. Dejadme que os diga que os parecéis mucho a los personajes de la novela que estoy traduciendo ahora mismo –exclamó Marisa mientras intentaba en vano colgar sus abrigos en el armario del recibidor–. ¡Esta maldita barriga cada vez es más grande!

–Anda, trae, yo lo colgaré –intervino Santiago.

Lidia y Jesús estaban allí, ayudando a poner la mesa.

–¡Vaya, vaya, Alicia! En todos los años que hemos salido juntas de fiesta NUNCA te habías vestido así. Enhorabuena, Felipe –profirió al tiempo que le daba dos sonoros besos en las mejillas–, está visto que eres una buena influencia sobre ella.

–Marisa –terció Alicia mientras colocaba en la nevera las dos botellas de champán que habían traído y una de Champín para su embarazada amiga–, ¿a qué te referías con lo de «la novela que estás traduciendo»?

–Me dijiste que buscase nuevas ocupaciones ahora que tenía que estar en casa. Pues bien, tienes ante ti a una traductora de novela romántica. –Sonrió pagada de sí misma–. Como ves, todo lo que hago, lo hago a lo grande…

–¡Y tan grande! –exclamó Lidia entre carcajadas señalándole la barriga.

Marisa la fulminó con la mirada.

La cena transcurrió entre risas y después de comerse las uvas a toda prisa, sacaron las botellas y se dispusieron a brindar.

—¡Por nosotros! —dijeron los seis al unísono.

—¡Y por mini Marisa! —pidió un alborozado Santiago que estaba encantado ante la perspectiva de tener otra mujercita en casa.

—¡Por mini Marisa! —corearon todos.

—¡Y por Bruselas! —añadieron Marisa y Ali a voz en grito.

—Por Bruselas.

Esta vez, salvo las voces de las dos amigas, el resto sonaron apagadas. Lidia y Jesús trataron de mantener el tono alegre, pero algo en el ambiente les dijo que tal vez, no estaban brindando por algo que fuese motivo de alegría.

Santiago todavía no sabía cómo convencer a su mujer de que debía quedarse y se aferraba esperanzado al hecho de que cuando naciera la pequeña, fuera la propia Marisa la que rechazase la oportunidad ahora que formaban una familia.

A Felipe, como siempre, la palabra Bruselas le revolvía por dentro. Por un lado, todavía no le había confesado a Alicia que él no había rellenado la solicitud y que no tenía intención alguna de salir de Valencia. Por otro, no imaginaba lo que pasaría cuando a su compañera sí la convocasen a las pruebas y a ella no.

Iba a arder Troya.

CAPÍTULO 18

SELECCIONADA

El fatídico día llegó. Estaban en el loft de Alicia preparándose el congreso que tenían al día siguiente cuando la melodía que le había asignado a Marisa empezó a sonar.

–Es de lo más inquietante que eligieras la banda sonora de *Psicosis* –comentó Felipe de buen humor sin saber lo que la llamada iba a suponer para ambos.

–¡Seleccionada, seleccionada! –Era tan propio de Marisa empezar las conversaciones chillando y sin explicarle de qué hablaba.

–¿Seleccionada para qué?

–¿Tú qué crees? ¡¡Me ha llegado la notificación!! Han aceptado mi candidatura para las pruebas para intérprete de conferencias!!

Alicia se quedó un poco parada. No hacía mucho que había revisado su correo y no le constaba que le hubiera entrado nada nuevo.

–Enhorabuena –le dijo con la boca pequeña mientras corría a revisar la bandeja de correo no deseado.

—¡Estoy tan emocionada! No puedo creerlo. Ahora solo queda superar las pruebas, ¿verdad? —Como Marisa no obtuvo respuesta insistió—: ¿Verdad?

Alicia no entendía nada. En la bandeja de spam tampoco había nada. No era posible que admitiesen a Marisa en las pruebas y a ella no. ¡Si sus currículums eran casi clones! Hasta habían pedido referencias a las mismas personas.

Le daba vueltas la cabeza y sentía que se estaba mareando. Se dejó caer sobre la silla de su escritorio, buscando sin resuello el mensaje que tanto había esperado.

Felipe se acercó a ella, no había escuchado la conversación, pero intuía muy bien de qué iba.

—¿Qué pasa?

Alicia se tapó la cara con las manos para ocultar la decepción y las lágrimas.

—Han admitido a Marisa a las pruebas y yo… ¡yo no he recibido nada! —le espetó furiosa.

—Puede que todavía no hayan enviado todas las notificaciones —la consoló Felipe mientras le pasaba la mano por la espalda—, tampoco has recibido ninguna en la que diga que no te admiten ¿me equivoco? —preguntó esperanzado.

—No.

—Lo ves, entonces no está todo perdido.

Alicia se aferró a esa idea. De pronto, se percató de lo tranquilo que estaba él.

—¡Hay que mirar a ver si tú has recibido algo!

—Yo no he recibido nada —respondió Felipe como un autómata.

—¿No? Pues entonces debes de tener razón. —Respiró aliviada—. No tengo ninguna duda de que te van a convocar, así que si tú no lo has recibido todavía…

En un arranque de sinceridad, y porque ya no soportaba ocultarlo más, se arrodilló frente a ella para contarle la verdad. O, al menos, parte de ella.

–Cariño, yo no voy a recibir ninguna notificación porque no envié la solicitud.

–¿Qué? –Alicia se apartó con brusquedad de él y se puso en pie–. ¿Qué quieres decir?

–Que no quiero marcharme de Valencia e irme a vivir fuera. Yo... sencillamente no puedo.

–Oh, claro –Felipe detectó la ira en sus ojos y supo que se avecinaba lo que había estado temiendo–. Esto es por tu madre, ¿verdad?

–Tengo mis motivos.

–Tal vez algún día quieras compartirlos conmigo. Creía que éramos una pareja –se lamentó–, pero por lo que tengo entendido las parejas de verdad no se mienten ni se ocultan cosas.

Él no respondió. Si ella supiera todo lo que él le había hecho... eso sí que no podría perdonárselo nunca.

–Vete a casa, Felipe, por favor. Necesito pensar.

Él se quedó allí plantado sin saber qué hacer. Quería estrecharla entre sus brazos, acariciarla y consolarla. Decirle que no estaba sola y que no pasaba nada, pero ¿cómo hacerlo? ¿Cómo? Si él sabía quién era el único culpable de lo que le estaba pasando.

Una vez, ella le había dicho que era un tipo que se dedicaba a pisotear los sueños de sus alumnas, cuanta verdad habían encerrado esas palabras. Había tirado por la borda todo por lo que ella llevaba años peleando.

Cogió su abrigo y se marchó.

***

La cara le llegaba hasta el suelo cuando terminaron de cenar. Apenas había abierto la boca, ni siquiera para probar bocado.

–No has cenado nada, hijo –observó su madre.

–Lo siento, pero no tengo hambre.

–Me cuesta mucho esfuerzo preparar la cena.

–Podría haberlo hecho yo, mamá.

–Lo sé, pero no quiero que lo hagas.

–No te creas que me gusta que trajines en la cocina, es peligroso…

–¡Todavía no estoy inválida, Felipe! El día que tenga que ver mi libertad reducida a los movimientos de una silla de ruedas lo aceptaré, pero mientras tanto…

Él levantó las manos al cielo, no podía discutir con ella cuando se ponía así. ¡Maruchi era mucha Maruchi!

–Y, ahora, dime, ¿estás así por culpa de esa tal Alicia que te niegas a presentarme?

Asintió al tiempo que apartaba el plato y se levantaba para meterlo en el microondas. Se acercó al armario que había sobre la nevera y sacó el paquete de chocolate negro Valor que escondía allí arriba para evitar los atracones que su madre solía darse después de comer cuando nadie la veía.

Iba a la cocina y, sin decir nada, cogía el paquete y se lo llevaba de vuelta al salón, donde se lo empezaba a comer hasta que se lo terminaba o hasta que se dormía. Su madre no tenía vicios: nunca había fumado ni bebido, pero era adicta al chocolate. ¡Y cuanto más puro mejor!

Partió un par de trozos y volvió a sentarse junto a ella.

El amargo sabor del cacao era algo que los hacía sentir mejor a los dos.

–¿Vas a contarme qué ha pasado? –inquirió.

Él se llevó el pedazo que le quedaba a la boca y se puso en pie de nuevo, decidido.
–No.
Su madre levantó las cejas, extrañada.
–Voy a solucionarlo.
Y dicho esto salió de la cocina y se apresuró a encender su portátil, rogando para que los correos eliminados no se hubieran borrado ya automáticamente como pasaba cada cierto tiempo. Tal vez, aun pudiera hacer algo.

Había comprendido que él no iba a ver cumplido ninguno de sus sueños, pero tal vez no fuera tarde todavía para los de Alicia.

Por fortuna para él, el correo de la discordia seguía allí. Con dedos temblorosos lo pasó a la bandeja de entrada y le dio al botón de responder.

Quince minutos más tarde cruzaba lo dedos al darle al de enviar. Se había esmerado en la recomendación. Si había escrito buenas palabras acerca de Marisa, no eran nada comparadas con las que acababa de remitir. Esperaba que la disculpa por la demora en enviar la referencia fuera lo suficientemente convincente y que llegase a tiempo para que convocaran a Alicia a las pruebas.

Todavía no le habían dicho que no, así que había alguna posibilidad. O eso quería creer. Deseó fervientemente que no fuera demasiado tarde para enmendar su error.

Dos días más tarde, Alicia recibió la buena nueva, estaba tan exultante que olvidó su enfado con Felipe y le mandó un mensaje.

El mundo se paró para él en aquel momento.

¿Cómo podía una persona sentirse bien y mal a la vez? Se sentía orgulloso de sí mismo, por haber hecho lo correcto y por haber antepuesto la felicidad de Ali a la suya, pero al mismo tiempo estaba hundido.

No era porque ella fuera a tener lo que él siempre había deseado.

Es que ese sueño cumplido de ella era el final de los suyos.

Iba a perderla para siempre y, tal vez, lo mejor fuera alejarse de ella antes de que el daño fuera irreparable. Y la forma más simple de lograrlo era haciendo que volviera a odiarle.

No debería resultarle tan complicado. Lo había hecho otras veces.

Respondió al mensaje que le había enviado y se dirigió a su casa a «celebrarlo».

Alicia estaba eufórica. Había pasado los dos días más largos de su vida esperando una maldita respuesta. No le importaba una negativa, pero quería saber si la admitían o no. Cuando había recibido el correo, se había puesto tan nerviosa que había tenido que releerlo un par de veces hasta estar segura de lo que le decían.

Ahora, a prepararse a conciencia. ¡Lo lograría!

En medio de toda aquella alegría, sentía una punzada de tristeza. Felipe no había presentado solicitud, así que con eso se esfumaba cualquier posibilidad de que fuera con ella a Bruselas. La idea de mantener una relación a distancia no le gustaba, pero pese a lo cabreada que había estado con él desde que lo había descubierto, no quería perderlo.

Como aún faltaban unos meses hasta la fecha de los exámenes tenían tiempo para plantearse cómo abordar la situación.

Cuando él se presentó en su casa, se le echó al cuello, emocionada.

—¡No puedo creerlo, Felipe! Lo he pasado tan mal... Perdóname por enfadarme, estaba tan nerviosa...

«¿Perdonarte? Lo que no voy es a perdonarme lo que voy a hacer ahora», se dijo a sí mismo.

—No te emociones tanto. Solo te han convocado a los exámenes. Suelen convocar a más gente que a la que dejan fuera.

—Bueno, pero aún así, es una gran noticia —respondió Alicia ignorando el seco tono de voz con el que le había hablado.

Felipe se la quitó de encima y se sentó en el sofá.

—¿Qué pasa? —Alicia se acercó a él y le rodeó con el brazo—. ¿Es porque vamos a tener que separarnos? Seguro que encontramos el modo de hacer que funcione.

Él se rio con amargura.

—Venga, Felipe, no es para tanto. Muchas relaciones a distancia funcionan.

Él entornó los ojos.

—No lo dirás en serio, Ali.

—No te voy a negar que me hubiera gustado que vinieses a Bruselas conmigo —respondió apenada.

—No deberías vender la piel del oso antes de matarlo. Creo que últimamente estás muy subidita —ironizó.

—¿Cómo?

—Que te crees mejor de lo que eres, Alicia —espetó de malos modos—. Hay intérpretes como tú a patadas.

—Estás hablando en broma, ¿verdad? —le preguntó abrumada por la dureza de sus palabras.

–Sabes que siempre te he sido sincero en este aspecto. No quiero ser rudo, pero...

–¿Rudo? –Alicia, que no comprendía el comportamiento de Felipe, se llevó las manos a la cabeza–. ¿Por qué me dices esto? Yo creía que me apoyabas.

–Oh, y te apoyo. Pero eso no quiere decir que yo no vea la cruda realidad cuando está claro que tú no la ves –zanjó, hiriente. Cuanto antes terminase con aquello, mejor. No soportaba hacerle daño a Alicia y se lo estaba haciendo. Lo veía en sus ojos.

Alicia se apartó de él, confusa.

–Lo digo por tu bien –añadió, condescendiente–, es mejor que no te hagas demasiadas ilusiones.

Esa última frase hizo que su ira se desatase por completo.

–¡Eres un maldito capullo!

–¿Eso es lo único que sabes decirme?

–¿Qué es lo que te pasa, Felipe? ¿Por qué te estás comportando de este modo?

–No me pasa nada, Alicia, ya te lo he dicho. Pero no quiero que te lleves un disgusto cuando te percates de que tienes que quedarte en Valencia.

–¿No crees que tenga ni siquiera una oportunidad de conseguirlo?

Él negó con la cabeza.

–Entonces me reafirmo en lo que te he dicho, en lo que te dije, en lo que siempre has sido. ¡Capullo! Siempre supe que lo eras, no sé cómo he podido volver a dejarme engañar... –Se puso de pie y le señaló la puerta–. ¿Solo porque tu vida es una mierda crees que puedes pisotearnos a los demás y hacernos sentir insignificantes? Te equivocas, Felipe. Valgo mucho más de lo que crees.

Él se puso en pie.

—Tu nivel de arrogancia es inversamente proporcional al de tu talento, Alicia, ya te darás cuenta.

—Quiero que te vayas ahora mismo y quiero que desaparezcas de mi vida para siempre —musitó conteniendo las lágrimas. Esta vez no iba a derramar ni una sola por él. Ya habían sido demasiadas.

—Si eso es lo que quieres —le replicó en tono arrogante.

—No quiero volver a verte —siseó—, ni aquí, ni a mi lado en ninguna cabina. Desaparece para siempre de mi vida —le ordenó antes de cerrar la puerta tras él.

Se apoyó sobre ella y, abrumada, se dejó caer al suelo.

Lo que había creído que era uno de los mejores días de su vida se había convertido en todo lo contrario. Y el que era el hombre de su vida... bueno, le había quedado muy claro que ella no era la mujer de la suya.

Al otro lado, Felipe apretaba los puños y se mordía el labio. Lo hizo con tanta fuerza que le empezó a sangrar. Sabía que lo que acababa de hacer era horrible, imperdonable, pero ella le olvidaría y, a buen seguro, cumpliría sus sueños. Encontraría a alguien que pudiera darle lo que él no podía y sería feliz.

Estaba convencido de que era lo mejor que podía hacer.

Perderla, solo era el precio que tenía que pagar.

CAPÍTULO 19

En mil pedazos

–¡No puedo creerlo! Felipe está totalmente loco por ti –argumentó Lidia–, lo he visto en sus ojos.
–Lo que no has visto es el desprecio en sus ojos. Si hubieseis estado allí. No sabéis cómo me miraba. ¡Ni cómo me habló!
–Pero no tiene sentido, Ali –añadió Marisa–. Las dos lo hemos visto –dijo refiriéndose a ella y a Lidia.

Al día siguiente de su ruptura con Felipe, Alicia había vuelto a reunir a sus dos amigas y estas cada vez parecían llevarse mejor, le parecía estupendo, pero no pensaba dejar que se pusieran del lado del maldito arrogante que le había vuelto a romper el corazón.

–¡Se cree mejor que nadie! Y como él no es capaz de pelear por lo que de verdad desea tiene que hundirnos a los demás…
–A lo mejor para él Bruselas no es tan importante –valoró Lidia, para quien el trabajo nunca había sido una prioridad.
–Lo conozco. Sí que lo es. Le gusta destacar y sen-

tirse el mejor, pero como no es capaz de separarse de su madre ha pagado conmigo toda su rabia.

–Yo creo que el problema es tan simple como que te vas a marchar –sentenció Marisa–. Él sí se da cuenta de lo buena que eres, por eso le molesta. Está dando por hecho que vas a pasar las pruebas, ¿es que no te das cuenta?

Ella negó con la cabeza. Ellas no lo habían escuchado. Se le había roto algo en su interior cuando Felipe había vuelto a hablarle así. Le había costado mucho perdonarle por lo sucedido en la universidad y, ahora, cuando habían conseguido superarlo y estar unidos... Esto solo le demostraba que así es como él era realmente.

No es que ese pensamiento arreglara las cosas. Aún sabiéndolo, no podía evitar sentir algo por él. Y eso lo hacía más doloroso.

–¡Habla con él! –La voz de Santi les llegó desde el despacho.

–¡NI DE COÑA! –Se cruzó de brazos, disgustada. Lo del día anterior había sido la última vez. No pensaba dejar que nadie la infravalorase así y, mucho menos, aguantarlo de Felipe.

–Ali, yo creo que Santi tiene razón...

–¡He dicho que no! He venido aquí buscando vuestro apoyo, pero si todos os vais a poner de su parte, será mejor que me marche.

Se levantó con brusquedad y, sin escuchar los gritos de sus amigos, cogió el bolso y el abrigo y se marchó.

Tal vez lo que necesitara fuera estar sola, Marisa, Lidia y Santi iban a volverla loca.

A Felipe también amenazaban con volverlo loco: su conciencia y Maruchi.

El día anterior había llegado tan taciturno a casa que su madre se había sentado frente a él y no le había dejado en paz hasta lograr que confesase qué le pasaba. No se lo había dicho todo, claro. No quería que su madre se sintiera mal por condicionarle la vida.

A modo de resumen, le había explicado que llevaba unos meses saliendo con Alicia, que era intérprete como él y que habían salido plazas para la Unión Europea y se había presentado y que, antes de que ella se marchase, había preferido romper con ella.

—Y ¿se puede saber por qué no te has presentado tú también? —le espetó—, la vida no suele dar segundas oportunidades, ¿por qué no la has aprovechado?

Felipe desvió la mirada. Su madre sabía muy bien por qué lo había hecho, ¿qué necesidad había de darle más vueltas al asunto?

—Estás tirando tu vida por la borda, hijo. ¡Mi Felipe y yo no te educamos para esto!

—No estoy tirando nada por la borda, mamá, ella va a marcharse, es lo que hay.

—Y ¿no piensas hacer nada para evitarlo?

—¿Qué quieres que haga? Ella va a seguir su camino y yo... yo tendré que seguir el mío.

—Hijo, tú eres tonto —sentenció su madre—. Anda, ve y ponme un *gintonic* que vamos a hablar tú y yo largo y tendido de la vida.

Los ojos de Felipe se abrieron como platos. ¿Su madre había dicho *gintonic*?

—Sí —murmuró pensativa—, igual eso no va muy bien con la medicación, ¿verdad? Pero me apetecía tanto...

Lo surrealista de la situación logró sacarle una sonrisa a Felipe que se puso en pie, se acercó a la vitrina y sacó dos copas de balón. Luego fue a la nevera y cogió dos tónicas y un limón. Sacó el hielo del congelador y lo sirvió en las copas, les echó la tónica y cortó un poco de piel de limón. En un último arrebato, le añadió al suyo un toque de Seagram's.

Regresó junto a su madre con una copa en cada mano y le dio un cariñoso beso en la frente.

—Solo es un *tonic*, pero seguro que lo disfrutas igual.

Ella sonrió. En realidad nunca le había gustado el alcohol, pero el *gintonic* estaba tan de moda en los últimos tiempos que se moría por uno. Esta imitación era más que suficiente para tenerla contenta.

—Es que, centrémonos, Felipe —su madre reanudó la conversación mientras daba pequeños sorbos a su *tonic*. La mano le tembló ligeramente, pero se aferró a la bebida. Estaba harta de que la ayudasen para cualquier cosa—. Entiendo que quieras cuidar de mí, pero tú también tienes que vivir tu vida, formar una familia...

—Yo no voy a dejarte sola, mamá.

—¡No he dicho que me dejes sola! Pero hay residencias y podrías venir a verme. Hay algunas realmente buenas, he oído hablar de una que está en la Malvarrosa que dicen que es como un hotel de cinco estrellas.

—Eso es el balneario de Las Arenas, mamá.

Maruchi le respondió dejando la copa en la mesa y dándole una colleja.

—Todavía no estoy demente. La cabeza todavía la conservo en plena forma. Es una residencia... mira en el cajón de debajo de la tele —se lo señaló—, tengo ahí un panfleto publicitario.

—No vas a ir a ninguna residencia —zanjó.

—Pues yo no sé por qué. Prefiero vivir en una y que puedas casarte y tener hijos a que estemos los dos solos hasta el día que me muera.

—No vamos a volver a discutir esto —Felipe había perdido la cuenta de las veces que su madre y él se habían enfadado por lo mismo.

—O, claro que lo vamos a discutir. Las veces que haga falta.

—Mamá...

—¡Ni mamá ni nada! Sé que lo haces todo por mí. Pero te equivocas y, por una vez, me vas a escuchar.

Felipe dio un buen trago a su copa. Si tenía que aguantar un sermón de su madre, le iba a hacer falta.

—¿Quieres a esa chica?

Felipe agachó la cabeza.

—Te he preguntado que si quieres a esa chica —insistió Maruchi.

—¡Joder, mamá! ¡Sí! La quiero, ¿vale? Precisamente por eso la he dejado. —Se pasó las manos por el pelo, como hacía siempre que estaba nervioso y disgustado—. ¿Qué querías que hiciera? ¡Es su sueño! Ir a Bruselas y ser intérprete de la Unión Europea. Y puede hacerlo —continuó—, es buena, es mejor que yo. No iba a pedirle que se quedase por mí. Se habría arrepentido toda su vida y yo habría sido el culpable.

Su madre entrecerró los ojos y lo miró, suspicaz.

—¿Qué quieres decir? ¿Qué tú te quedaste aquí por mí y que ahora te arrepientes y yo soy la culpable?

—¡No! —Sacudió la cabeza. No se refería a eso.

Le puso una mano sobre los hombros:

—Ya lo sé, hijo.

—Yo me quedé porque no voy a dejarte sola. Ni antes, ni ahora. Y NO me arrepiento. Me hubiera gustado que las cosas fueran de otro modo, pero quedarme a tu lado fue la mejor decisión que pude haber tomado. De lo que sí me hubiera arrepentido es de haberme marchado.

–Entonces, ¿por qué has roto con Alicia? Si ella supiera por lo que estás pasando... se habría quedado contigo.

Una vocecita en su interior le decía que a lo mejor su madre tenía razón, pero conocía a Alicia. En cierto modo, era igual de ambiciosa que él y sabía que quería triunfar. No se sentía capaz de pedirle que lo abandonara todo por él. No tenía derecho a hacerlo.

–Pues, ve con ella. –Ya no sabía cómo convencer a su hijo.

Felipe se puso en pie, cuanto antes zanjara esa conversación mejor sería para los dos. Su relación con Alicia había terminado y lo mejor era que tanto su madre como él lo asumieran.

–Olvídalo, mamá.

–Voy a dejar este asunto por el momento, Felipe, pero no voy a olvidarlo. Sé lo que sientes por esa chica. Te conozco. Y no me rendiré. No voy a dejar que arruines tu vida. ¡Mi Felipe no me lo perdonaría!

En ese momento, la copa, que tanto esfuerzo le había costado seguir manteniendo firme entre sus dedos, se le escurrió de la mano a Maruchi, rompiéndose en mil pedazos.

Exactamente igual que el corazón de su hijo.

CAPÍTULO 20

CAMBIOS Y MÁS CAMBIOS

En las siguientes semanas, la vida cambió mucho para Alicia. Estaba nerviosa, tenía ganas de que llegara la fecha en la que realizaría las pruebas de interpretación simultánea y, lo sola que se sentía, no ayudaba a paliar sus nervios.

No había vuelto a saber nada de Felipe a pesar de lo pequeña que era Valencia. Igual que no se habían visto durante los diez años posteriores a aquella discusión en su última tutoría, la tierra parecía habérselo tragado de nuevo, aunque ahora tenía la certeza de que corría el riesgo de encontrárselo. Habían sido demasiadas las casualidades que los habían acercado en los últimos meses.

Cruzó los dedos y rezó para que el destino estuviera de su parte. Con un poco de suerte se marcharía del país en unos meses. Tal vez nunca volvieran a verse.

Sintió una punzada de dolor, pero supo que era mejor así. La única forma que tenía de olvidarse de él y de enterrarlo en su corazón era no volver a verlo, porque sabía que si lo veía, le removería todo por dentro.

Lo que habían sentido el uno por el otro siempre había sido intenso. A veces se había traducido en enfados y discusiones, pero era demasiado fuerte como para que se encontrasen y no pasase nada.

Tenía que permanecer alejada de él si quería mantenerse firme.

Si lo veía, si él la tocaba... bueno, no tenía ninguna confianza en su fortaleza. Caería al instante. Su cuerpo se estremecía solo de pensarlo.

El cuerpo de Marisa, al contrario, no estaba para muchas fiestas y ya ni las historias que traducía la animaban. Su barriga crecía a pasos agigantados, no podía dormir y se le habían hinchado los pies. Estaba tan cansada que no tenía ganas de nada.

Su mente estaba centrada en la compra de *bodies*, faldones, cremitas para el culo y cualquier cosa que apareciera en las revistas de bebé a las que se había vuelto adicta. Como buena maniática que era, hacía listas y listas de todo lo que necesitaría para el hospital.

Bruselas había quedado en un segundo plano. O tal vez, ni siquiera la enfocaba la cámara, estaba totalmente fuera de plano.

No se lo había dicho a Alicia, pero ya no le interesaba nada convertirse en intérprete de la Unión Europea y marcharse a Bélgica. Su vida estaba en Valencia, con su marido y su futura hija. Quería que mini Marisa creciera cerca de sus abuelos y de su familia, quería que fuera al mismo colegio al que ella había ido y no quería que Santiago renunciase a su trabajo. Tampoco ella quería renunciar a su fantástico ático en el barrio de Ruzafa.

Puede que en algún momento hubiera soñado con aquello, pero la gente crecía, maduraba, cambiada... y uno no podía ser esclavo de sus palabras. No, quería otras cosas de la vida.

Además, había descubierto que la traducción literaria la llenaba mucho más. Sí, le pagaban una miseria por la traducción de una novela cuando se llevaba una fortuna por una interpretación de un solo día. Sí, cuando los plazos de entrega eran breves, se estresaba. Sí, era algo que nunca antes hubiera creído que le interesaba.

Siempre había ido de intelectual por la vida, pero resulta que traducir novela romántica y erótica le hacía sentirse feliz. Se le quedaba una sonrisa en los labios cuando llegaba al ansiado final de cada historia y había sido un orgullo para ella ver su nombre en el interior de un libro.

Las interpretaciones nunca le habían proporcionado ese subidón.

Santiago se había puesto loco de contento al escucharla y sentía que estaba haciendo lo correcto, pero tenía miedo de cómo se lo tomaría Alicia. En especial después de cómo había terminado con Felipe precisamente a causa de lo mismo.

—¿Estás de broma?

Marisa negó con la cabeza al tiempo que se acariciaba la barriga. No podía haber tomado una decisión mejor.

—En cierto modo, lo estaba esperando —admitió Alicia—. Si esto te hubiera pillado en otro momento de tu vida, habría sido diferente, ¿verdad?

Su amiga lo sopesó.

—Puede ser, pero tal vez hubiese tomado la misma decisión. Aunque no hubiera estado a punto de dar a luz, no sé si llegado el momento hubiera querido separarme de Santiago.

—Pero —esto Alicia no lo entendía—, ¿habrías renunciado a tus sueños por él?

—Hay algo que no entiendes.

—¿El qué?

—Que yo no hubiera renunciado a mis sueños por él, lo hubiera hecho por mí. Igual que hago ahora. Esto no es por la niña —explicó—, esto es por mí. Es lo que me hace feliz.

Alicia estaba perpleja. Había escuchado decir que la maternidad cambiaba a la gente y por lo visto así era. Marisa todavía no había dado a luz y ya se había transformado. Igual que le había pasado a Miranda en *Sexo en Nueva York*.

Todas sus amigas parecían haberse puesto de acuerdo. Lidia aplaudió la decisión de Marisa. Había empezado a tomarle cariño. Era quisquillosa, presuntuosa y borde, pero tenía buen fondo y empezaba a encontrarle el lado bueno.

Lidia no tenía muchas amigas además de Alicia. Las chicas solían verla como una amenaza para sus novios y, conforme sus amigas del colegio y de la universidad habían ido emparejándose, la habían ido dejando de lado. Siempre había estado bastante sola y su vida se había reducido a los ligues, a su trabajo en la agencia y Alicia. Gracias a esta última, ahora Marisa y Santiago formaban parte de su vida. Por no hablar de Jesús, que se había convertido en su mejor amigo.

Gracias al constante trato que mantenía con él, pues no pasaba una semana sin que se vieran, sabía de Felipe y de lo hundido que estaba. No comprendía que Alicia no intentara arreglar las cosas con él. ¡Estaba tan equivocada!

Era domingo y, como fieles seguidoras de la filosofía del *brunch*, estaban desayunando en Dulce de leche en Ruzafa. Se habían sentado en la terraza y, con las gafas de sol puestas, disfrutaban del solecito de media mañana y del cielo azul de Valencia. En sus bandejas reposaban un par de capuchinos, dos zumos de naranja, *croissants*, fruta y unos bocadillos.

El día parecía idílico. Hasta que Lidia abrió la boca.

—Jesús me ha dicho que Felipe está hecho polvo —empezó.

—No vayas por ese camino...

—¡Pero es verdad! —protestó—. Hace más de un mes que no os veis, no habéis hablado desde el día que lo echaste de casa.

—Tampoco es que él haya hecho ningún esfuerzo por saber de mí.

Alicia había esperado que él se disculpase, que le enviase algún *whatsapp*, que la llamase o que intentase verla, sin embargo, nada de eso había sucedido. Había creído que todo el problema era que él se sentía mal porque la habían admitido para los exámenes a intérprete, pero, tal vez, simplemente él nunca había sentido nada de verdad. Tal vez, simplemente, quería quitarse la espinita y estar con ella porque no había podido estarlo cuando estaban en la universidad. Tal vez, ver que seguía su camino le había abierto a él la puerta para dejarla. Tal vez... eran tantas las cosas que se le pasaban a Alicia por la cabeza que no sabía qué pensar.

Lo que sí sabía, era que ella no pensaba arrastrarse ante él. Él la había tratado mal. Si eso era lo que pensaba de ella no lo quería en su vida y, si no lo era, tendría que ser él el que fuera a buscarla.

—¿No puedes cambiar de opinión, Ali?

—¿A qué te refieres? —inquirió con extrañeza mientras daba un bocado a una fresa.

—¿Tan importante para ti es irte a Bruselas? —Lidia profirió la pregunta con la boca pequeña. Conocía a su amiga y temía que se molestara.

Si la pregunta se la hubiera hecho cualquier otro, eso es lo que hubiera sucedido, pero Alicia conocía bien a Lidia y sabía que para ella el trabajo no era más que un medio con el que ganar dinero para poder vivir a su antojo. No suponía ninguna motivación, ni le proporcionaba alegría ni ilusión alguna trabajar en la agencia para los señores de la tercera edad. Porque la gente joven huía de las agencias de viaje como de la peste y reservaba todos sus viajes gracias a Booking, Tripadvisor y Edreams. Con Internet no necesitaban intermediario alguno.

—Sabes de sobra que sí. Es algo que he querido desde siempre. Desde que leí por primera vez las tiras cómicas de Mafalda.

Lidia suspiró. Su amiga y la niña argentina. Qué curioso que el hombre de sus desvelos se llamara Felipe.

Si había algo que le habían inculcado a Alicia sus padres, este había sido el amor por la lectura y, gracias a eso, había descubierto las tiras cómicas de Quino cuando aún era niña.

Mafalda, con su conciencia social, que quería ser intérprete en la ONU para evitar que los países pelearan entre ellos había sido su ejemplo a seguir. En la vida real, estaba claro que la profesión no era tan idílica y que uno no podía interpretar lo que le daba la gana para evitar que otro se enfadase, pero, aún así, la Organización de las Naciones Unidas era la máxima aspiración en el camino de su amiga. Bruselas era importante, sí, pero tan solo un peldaño en las escaleras que tenía que subir para alcanzar su objetivo.

Sabía que para ella renunciar a la Unión Europea era como renunciar a Nueva York. Superar esas pruebas y adquirir experiencia en una gran institución era el camino para llegar a lo alto.

–Te echa de menos –insistió, aún a sabiendas de que no iba a lograr nada.

–Si me echase tanto de menos me habría llamado, Lidia.

–Pero...

–Olvídalo, en serio. Además –enarcó las cejas, extrañada–, ¿desde cuándo te preocupan estas cosas a ti? Creía que tú abogabas por los ligues de una noche y no creías en las relaciones a largo plazo.

Lidia dio un bocado a uno de los *croissants* y luego dio un sorbo al café. Levantó un dedo y la señaló.

–Ahí, te equivocas. Que yo no haya encontrado al hombre de mi vida, no quiere decir que no crea en los cuentos de hadas. Y permíteme que te diga, querida amiga, que tú habías encontrado a tu príncipe y lo estás dejando escapar.

A Alicia casi se le atragantó el café al escucharla hablar de príncipes y princesas.

–Felipe no es ningún caballero andante.

–Tampoco es un ogro.

–No me des el almuerzo, Lidia, últimamente me tenéis frita entre Marisa y tú. Ella renunciando a todo por su familia y tú hablándome de amores para toda la vida. No os reconozco.

–Puede que hayamos cambiado.

–Pues no para bien –replicó disgustada.

–Solo porque tú no lo hayas hecho no quiere decir que cambiar sea malo.

Pero Alicia no quería cambiar, se había convertido en la mujer que siempre había soñado ser y si Felipe no era capaz de ver todo lo bueno que había en ella no quería tener nada que ver con él.

CAPÍTULO 21

La Nit del Foc

La convocatoria para la oposición a intérprete llegó antes de lo esperado y, a principios de marzo, con las fallas a la vuelta de la esquina, Alicia cogió un vuelo rumbo a Bruselas para examinarse.

El tiempo era gris, como su estado de ánimo.

Por primera vez en mucho tiempo, tenía miedo de fracasar y las horribles palabras de Felipe resonaban sin descanso en su cabeza. Y ¿si no lo conseguía?

Marisa le había deseado suerte y, aunque sabía que no se arrepentía de la decisión que había tomado, se lo había dicho con la boca pequeña. En el fondo no podía evitar sentir una punzada de celos.

Lidia fue más efusiva. Sabía que eso era lo que Alicia quería, pero en el fondo no le hacía ninguna ilusión que aprobara la maldita oposición y se fuera de Valencia. ¿Qué iba a hacer sin ella?

Y, aunque no lo supiera, Felipe también tenía puesta la mente en ella. Si los nervios no la traicionaban, tenía la certeza de que aprobaría los exámenes y obtendría la plaza de intérprete.

Fueron un par de días de mucho estrés, pues el examen constaba de distintas partes: interpretación consecutiva, simultánea, inversa e incluso alguna prueba escrita sobre asuntos extralingüísticos. Por suerte, Alicia se había preparado a conciencia y salió airosa de las pruebas de interpretación. O, al menos, eso pensaba.
Ahora quedaba esperar a los resultados y, si eran positivos, entraría en la bolsa de empleo y la llamarían cuando hubiera alguna plaza vacante.
Se sentía bastante segura respecto a cómo había ejecutado los exámenes, pero, al fin y al cabo, era una oposición y solo había cincuenta plazas, ser bueno no era suficiente, tenía que ser de los mejores.
Como siempre que uno esperaba la llegada de algo, el tiempo transcurría más lento de lo normal.
¡Que se lo dijeran a Marisa!
Tenía una barriga que podía competir con la de Sancho Panza, pero solo estaba de treinta y seis semanas y la ginecóloga ya le había dicho que lo normal en los partos de las primerizas era que se retrasaran. Estaba desesperada, deseaba que Marisa saliera ya de su barriga: no podía dormir, cualquier cosa que comiera le sentaba mal y ya no sabía qué ropa ponerse. ¡De dulce espera no tenía nada!

Dos semanas más tarde, ambas amigas recibieron una señal.
La de Alicia en forma de correo electrónico: una

nueva notificación en la que, en este caso, le decían que había aprobado la oposición y que pasaba a formar parte de la bolsa de empleo.

La de Marisa, en forma de contracciones. Pese a lo que le habían dicho, estaba claro que la pequeña tenía las mismas prisas por salir que ella de que saliera, pues las contracciones de Braxton Hicks se volvieron más intensas y frecuentes. El día se estaba acercando.

Para celebrar el gran éxito de Alicia decidieron juntarse para cenar y, como venía siendo costumbre desde que había empezado el reposo de Marisa, se reunieron en su ático.

Era la noche de la llamada Nit del Foc, se encontraban en plenas Fallas y, como ese año los días grandes de la fiesta habían caído en fin de semana, todo estaba, si es que eso era posible, más lleno de gente. Literalmente: no cabía un alfiler en Valencia. La ciudad estaba hasta los topes de turistas, las calles más céntricas invadidas por un incesante desfile de falleras y carpas y monumentos falleros salpicando casi cada cruce de calles de la ciudad. La música, las flores y el sonido de los petardos eran la banda sonora de la ciudad, cuya ambientación la completaba el inconfundible olor a pólvora.

Marisa, a pesar de que Alicia, Lidia y Jesús habían ido a visitarla; no estaba para ninguna fiesta. Santiago, que estaba de guardia, no había podido unirse a ellos.

–¿Habéis traído los buñuelos de calabaza? –preguntó ansiosa mientras le abría la puerta a sus amigos.

Lidia le tendió la bolsa.

–Mira que no tener ni un solo antojo en todo el embarazo y tenerlos a dos semanas de dar a luz –señaló Alicia.

–¡Qué le voy a hacer! –replicó su amiga con la boca llena, pues ya le había arrebatado la bolsa a Lidia y no había tardado ni una milésima de segundo en llevarse uno a la boca–. Anda, ayudadme a poner la mesa. Yo no puedo más.

–¿Es que te encuentras mal?

Marisa se llevó la mano a la barriga. Había tenido otra contracción. Llevaba así desde que Santiago se había marchado al hospital. ¿Era porque se había puesto nerviosa al ver que se quedaba sola? ¿O se estaba poniendo de parto? No podía ser, solo estaba de treinta y ocho semanas y todo el mundo le había dicho que las primerizas se retrasaban.

Consultó el reloj. ¿Cuánto hacía de la anterior contracción? Como precaución, sería mejor que empezase a llevar la cuenta.

Alicia, Lidia y Jesús deambularon por la cocina con barra americana y pusieron la mesa y prepararon la cena. Cada uno de ellos había traído algo para picar, eso sí, cuidándose mucho de no llevar cosas que Marisa no pudiera comer, como jamón serrano, ¡ninguno quería llevarse una bronca! Si Marisa ya era irascible por norma general, embarazada era aún peor.

De repente, Alicia notó que el suelo de la cocina estaba mojado.

–Chicos, ¿se os ha caído algo? Esto está empapado.

Lidia y Jesús negaron con la cabeza y Alicia se giró hacia Marisa, que se había acercado a la nevera a coger algo, y que parecía que se hubiera hecho pis encima.

Se llevó las manos a la boca al darse cuenta de lo que había pasado.

–¡Creo que he roto aguas!

–Joder, Marisa –resopló Lidia–, sí que lo haces todo

a lo grande, ¿tenías que elegir precisamente la noche de hoy para ponerte de parto? ¿Tú sabes cómo está Valencia? Salir de tu barrio es casi misión imposible: la mitad de las calles están cortadas y la otra mitad están abarrotadas de gente.

—Pues hemos venido todos sin coche —murmuró Jesús con cara de preocupación.

—Y me juego el cuello a que ningún taxi va a poder llegar hasta tu casa —añadió Alicia.

—¡Joder! ¿Queréis dejar de poner pegas? Así no ayudáis nada. Vamos a centrarnos.

A Jesús y a Lidia les sorprendió la calma con la que Marisa se adueñó de la situación, no tanto a Alicia que la conocía bien y sabía que en los momentos difíciles siempre era capaz de dar la talla. Empezó a dar órdenes como si fuera un general.

—Lidia, ve a mi dormitorio, ahí tengo la bolsa y el *checklist*. Por favor, comprueba que no me falta nada. Jesús, ¿puedes ayudarla? Yo voy a cambiarme de ropa y a intentar localizar a Santiago para avisarle de que voy para allá y tú, Ali —se detuvo un momento y la miró a los ojos, haciéndole saber que la parte que le tocaba a ella iba a ser la menos sencilla—, llama a Felipe. Vive muy cerca de aquí y tiene un Smart. Con un poco de suerte conseguirá sacarme del barrio.

—¿Cómo has dicho?

—Que llames a Felipe. Necesitamos un coche pequeño y él tiene uno —replicó como si lo que le estuviera pidiendo fuera la cosa más normal del mundo.

—¡No voy a llamarlo! Pediré un taxi, ¡una ambulancia si hace falta! —le respondió, alterada.

—Alicia, un taxi no va a atravesar el barrio, si casi no se puede ni andar por la calle. ¡Y me niego a montar el numerito y tener que llamar a una ambulancia! Además, lo va a tener igual de complicado para llegar hasta aquí.

–Pero... –protestó.

–Sé que Felipe vive dos calles más allá. Por favor, llámalo –le pidió–. Si no está en casa tienes mi permiso para llamar a una ambulancia.

Dicho esto, Marisa descolgó el teléfono y marcó el número de Santi. Alicia miró su móvil bloqueada. ¿Qué iba a decirle?

Sin pensarlo mucho, tecleó el número de Felipe. Aunque lo tenía en la agenda, se lo sabía de memoria.

Dos tonos más tarde, le descolgó.

–¿Alicia?

Parecía bastante sorprendido, pero percibió también cierto tono esperanzado.

–Felipe, perdona que te llame, estoy en casa de Marisa, se ha puesto de parto y es urgente que la llevemos al hospital, pero es difícil salir de su barrio y nosotros no hemos traído coche. ¿Crees que podrías venir con el Smart y llevarla? –Lo soltó todo de carrerilla porque no quería que le hiciera ninguna pregunta. No quería hablar con él de nada que no fuera el parto de su amiga.

–¡Voy para allá! Lo que me cueste atravesar los ríos de gente.

Una vez que hubieron preparado todo, los cuatro esperaron a que Felipe les dijera que había llegado. El tiempo parecía transcurrir más despacio y los minutos se les hicieron horas, hasta que el móvil de Alicia sonó.

–Ya estoy aquí.

Con toda la rapidez que el cuerpo de Marisa les permitía avanzar, bajaron al portal.

Los ojos de Alicia y Felipe se encontraron, pero no dijeron nada. Alicia ayudó a su amiga a sentarse en el asiento del copiloto y le dio un pañuelo blanco.

–Para que lo saques por la ventanilla, a ver si así conseguís atravesar el barrio. Nosotros vamos a ir andando hasta la Gran Vía e intentaremos encontrar un taxi y acudiremos a la Fe. Todo irá bien –le aseguró antes de darle un beso en la mejilla. Marisa y ella no eran muy dadas a las muestras de cariño, pero se querían. Se giró hacia Felipe–: Gracias por venir. No sé qué hubiéramos hecho de no ser por ti. –Agachó la cabeza porque no quería que sus ojos volvieran a encontrarse. Lo que sentía cuando se miraban era demasiado intenso.

¿Por qué tenía que ser Felipe tan maravilloso en algunas ocasiones y tan duro e hiriente en otras? ¿Cómo podía tener esas dos facetas?

–Era lo menos que podía hacer –musitó, pero Alicia no pudo escuchar sus palabras, pues un enorme petardo explotó a menos de un metro de ellos llenándolo todo con su ruido ensordecedor.

Marisa sacó la cabeza hacia fuera, buscando a los culpables:

–¡Bestias! ¿No veis que hay una embarazada? ¡Se me va a salir la niña de golpe con el susto que me habéis dado!

Alicia sacudió la cabeza, intentando aguantar la risa, y cerró la puerta. Felipe arrancó el coche, que empezó a abrirse paso entre la gente. Marisa gruñía y refunfuñaba, mientras él iba sorteando los monumentos y las carpas con los que se iba topando como podía, eso por no hablar de que atravesar las masas de gente con el vehículo era lento y tedioso, pues las personas apenas se apartaban. Deseó poder hacer como Moisés con las aguas del Mar Rojo. El camino se les hizo eterno, pero finalmente consiguieron salir a una zona menos transitada y el resto del trayecto al hospital transcurrió con normalidad.

Cuando llegaron a la nueva Fe, Santiago, con quien su mujer había logrado contactar por teléfono, les estaba esperando, nervioso e impaciente, en la puerta con una silla de ruedas. Felipe salió del coche para ayudar a Marisa.

—Gracias, amigo —Santiago le tendió la mano. Gesto al que Felipe correspondió con un cariñoso abrazo. Les había cogido mucho cariño y se alegraba de haber podido colaborar.

—Voy a aparcar el coche y me quedaré esperando con Alicia, Lidia y Jesús. Están de camino.

Santi enarcó las cejas al escucharle.

—Me alegro. Espero que el nacimiento de mini Marisa no sea la única buena noticia esta noche —le dijo mientras empujaba la silla de ruedas y entraba en el hospital.

Felipe tenía muy claro que lo que Santiago quería decir no iba a suceder. Alicia se marchaba y él estaba anclado a Valencia de por vida. No tenía sentido. Aunque tal vez pudiera arreglar lo que había roto la última vez. Podía disculparse. Que se llevara al menos un buen recuerdo de él. Tal vez así no se le partiera el corazón cada vez que recordaba el daño que le había hecho.

Los tres amigos llegaron y se reunieron con Felipe en la sala de espera. Alicia, que no quería estar cerca de él, se excusó diciendo que iba a por un café y salió al pasillo.

Estaba metiendo las monedas en la máquina cuando sintió un escalofrío y supo que alguien la estaba mirando. Felipe, solo él conseguía que todo su cuerpo se estremeciera con solo fijar la vista en ella.

Trató de hacer como si nada. No quería enfrentarse a él, así que se entretuvo sacando el vasito de cartón con el capuchino que acababa de comprar. Entonces notó que él le ponía la mano en el hombro y se puso tan nerviosa que estuvo a punto de tirarse el caliente líquido por encima.

—Tranquila.

—Es difícil cuando te tengo a mi lado, Felipe.

—Entonces ya somos dos.

—¿Qué quieres? —preguntó, hosca. No quería dejarse llevar por su seducción.

—Disculparme. Una vez más —añadió con rapidez.

—Esto está empezando a convertirse en una costumbre.

—Lo sé. —Se pasó la mano que le quedaba libre por el pelo y se acercó un poco más a ella—. No debí haberte dicho lo que dije. Yo... no lo pensaba de verdad, es solo que... —¿Cómo explicárselo?

—Es solo que estás jodido por tener que quedarte aquí y lo pagaste conmigo —le replicó, dolida. Aun así, él no tenía derecho a decirle lo que le había dicho. La había herido profundamente.

Asintió. ¿Para qué darle más explicaciones? No iban a servir para que volvieran a estar juntos, así que mejor callárselas.

—Lo siento. No puedo decir mucho más a mi favor.

—Olvídalo, Felipe. Lo mejor será que cada uno siga su camino. —Se separó de él y se dirigió de camino de vuelta a la sala de espera—. Así dejaremos de hacernos daño.

—Está bien, pero, Alicia —alargó la mano para que se detuviera—, se que no puedo hacer nada para borrar todo lo que ha pasado entre nosotros, pero déjame que haga algo por ti. Mi primo Pablo es funcionario en la Unión Europea y vive en Bruselas con dos amigos, si te parece bien, te pasaré su contacto. Sé que tienen espacio en su casa para alguien más y siempre viene bien tener a alguien conocido cuando uno empieza de cero en otro lugar.

—De acuerdo —aceptó—. Gracias.

Regresaron junto a Jesús y Lidia y se sentaron en lados opuestos.

En algún lugar del hospital el llanto de un bebé irrumpió, llenándolo todo de alegría, en cambio, en aquella sala, las lágrimas que le caían a Alicia por la cara evidenciaban la tristeza de la ruptura definitiva.

Felipe apretó los labios, formando con ellos una fina línea.

Por segunda vez en su vida, perdía lo que más deseaba.

CAPÍTULO 22

Te toca un chequeo

Recordaba perfectamente el día que mis sueños se habían visto truncados.

El curso había terminado hacía unas semanas y, después de haber informado al departamento de Recursos Humanos de la universidad privada en la que trabajaba de que me marchaba, me había despedido de mis compañeros y de algunos alumnos y me había centrado en el comienzo de mi nueva vida.

Todavía tenía mucho que organizar. Me incorporaba como intérprete en octubre y todavía no había buscado ni piso. Tenía un primo que vivía en Bruselas y que también trabajaba como funcionario en la Unión Europea, quizás pudiera alojarme con él hasta encontrar algo mejor, pero aún no había encontrado el momento de llamarlo.

En los últimos días había algo que me impedía sentirme todo lo feliz e ilusionado que debiera.

Puede que fuera por lo que había pasado entre Alicia y yo. Puede que fuera porque, como hijo único, me sentía culpable por marcharme a vivir a otro país y dejar a mi madre sola. Puede que simplemente fuera el presentimiento de que algo no iba bien.

Nada bien.

Mi madre llevaba una temporada cansada y con dolores de reuma. Habíamos ido al médico de cabecera, que lo había achacado a un exceso de trabajo. Trabajaba como dependienta y sus jornadas de trabajo eran bastante largas y pesadas. Aunque no parecía nada grave, me angustiaba la idea de marcharme a otro país y dejarla sola. Mi padre había fallecido un par de años antes y yo era hijo único: ¿tenía derecho a abandonarla por cumplir mis sueños?

A mi madre aquello le parecían bobadas. No se había sacrificado toda la vida para pagarme buenos colegios y estancias en el extranjero para que ahora yo me quedase en Valencia y me convirtiera en un intérprete más. Su Felipe, como ella siempre hacía alusión a mi padre, no lo hubiera permitido jamás.

Yo no pertenecía a una familia de clase alta, al contrario, mis padres se habían pasado la vida trabajando en su empeño de darme a mí las oportunidades que ellos no habían tenido, se habían sacrificado y habían renunciado a todos sus caprichos para pagar mi educación y yo se lo había pagado con creces siendo siempre el mejor de mi clase. Sé que estaban orgullosos de mí y, aunque mi padre no pudiera verme, sé que estaría satisfecho de ver a dónde había llegado.

Para mi madre, desde luego, era motivo de orgullo. Todos los sábados por la mañana se acicalaba con esmero, se maquillaba y se ponía su pintalabios rojo y quedaba a desayunar con su grupo de amigas. Les encantaba presumir, sobre todo de sus hijos. El día que mi madre contó que yo iba a ser intérprete de la Unión Europea a alguna que otra se le atragantaron las tostadas.

Así que no estaba dispuesta a oír hablar siquiera de renunciar a algo tan grande. ¡Por encima de su cadáver!

Asumí que tendría que enseñarle a usar el Skype para que no me echase tanto de menos y ella prometió que se modernizaría: correo electrónico, móvil con Internet... lo que hiciera falta. Puede que no hubiera recibido la misma educación que yo, pero era lista y además muy cabezota, y cuando quería algo lo lograba.

Una tarde, estábamos sentados en el sofá viendo la típica película de serie B de después de comer, cuando mi madre se quedó dormida. Solía hacerlo. Era de lo más normal que se echara una siesta a los pocos minutos de encender la televisión a esas horas. Lo que no me pareció tan normal fue detectar que la mano derecha le temblaba. Cuando se despertó, me dijo que se le había dormido la mano. No quise darle importancia, aunque en mi interior algo me dijo que la tenía.

Al día siguiente se repitió el mismo suceso. Era muy extraño, pero, una vez más, quise convencerme de que no pasaba nada.

Cuando sucedió por tercera vez supe que había algo más. Empecé a observar a mi madre y me di cuenta de que cuando estaba activa, la mano no le temblaba. ¿Tendría aquello algo que ver con el reuma y con el cansancio que padecía en los últimos tiempos?

Mi madre no quería ni oír hablar de médicos, pero yo me marcharía dentro de poco y tenía que saber que todo estaba bien.

—*Lo siento mamá, pero te toca un chequeo.*

Volvimos al médico de cabecera que, al contarle los últimos sucesos, descartó las enfermedades comunes como reuma, problemas circulatorios y estrés y nos derivó al especialista.

Yo empecé a ponerme nervioso. Me incorporaba al trabajo en apenas unas semanas y los síntomas de mi madre no parecían augurar nada bueno.

Al final, el neurólogo nos dio la mala noticia.

—*Maruchi, siento ser yo quien se lo diga, pero tiene párkinson.*

Mi madre y yo nos quedamos callados. No sé lo que pasaba por su cabeza, pero recuerdo a la perfección lo que pasaba por la mía.

«¿Qué es el párkinson? ¿No es esa la enfermedad que padece Michael J. Fox? ¿Es como el alzhéimer? No sé nada del párkinson. ¿Y mi trabajo? ¿Cómo voy a marcharme?».

Preguntas y más preguntas que se agolpaban en mi cabeza sin respuesta.

—*El párkinson es una enfermedad neurológica que se produce a causa de la muerte de las neuronas que producen dopamina* —*nos explicó el doctor*—. *La dopamina es un neurotransmisor muy importante que se ocupa del control de los movimientos. Cuando hay una bajada en los niveles de dopamina, hay una alteración y es entonces cuando empiezan los temblores, la rigidez, la lentitud de movimientos y la inestabilidad postural, entre otros síntomas de la enfermedad.*

—*¿Tiene cura?* —*Mi madre seguía callada, pero yo parecía incapaz de cerrar la boca.*

El doctor negó con la cabeza.

—*Es una enfermedad crónica. Su madre no va a*

morir a causa del párkinson, pero tampoco sabemos cómo se desarrollará.

—¿Qué... qué quiere decir?

—Pues que afecta de un modo diferente a cada persona. Todavía es pronto para saber si la evolución será lenta o si, por el contrario, avanzará con rapidez —razonó.

—Pero, ¿qué le hará la enfermedad? —Cogí la mano de mi madre y se la apreté. No pensaba abandonarla.

—Bueno, los síntomas de la enfermedad son variados. Los temblores, por ejemplo, suelen aparecer cuando el afectado se encuentra en reposo y en cambio disminuyen al hacer movimientos voluntarios; los enfermos también suelen presentar rigidez muscular, anomalías posturales, problemas al andar, trastornos del sueño y sus reflejos se ven alterados, lo que propicia las caídas.

Mi madre se aferró a mi mano con fuerza.

—En cualquier caso —continuó—, la calidad de vida cotidiana puede ser satisfactoria durante muchos años. Solo el quince por ciento de los enfermos de párkinson sufre un deterioro tan grave que le haga necesitar ayuda constante para hacer cualquier actividad y sea totalmente dependiente de otras personas.

—Dígame, doctor —mi madre habló con un tono de voz firme y valiente—, no voy a perder la cabeza, ¿verdad?

—No. Esto no es alzhéimer.

Suspiró aliviada.

—Todavía es pronto para saber cómo evolucionará todo, lo que está claro es que deberá empezar un tratamiento a base de levadopa. El tratamiento de la enfermedad solo está dirigido a mejorar los síntomas

que causa la pérdida de neuronas, por lo que deberá tomar estos fármacos de por vida. Será importante que haga también rehabilitación.

Durante media hora más, mi madre y yo escuchamos y atendimos todas las explicaciones y recomendaciones del neurólogo.

Yo trataba de prestar atención, pero me estaba invadiendo una sensación de angustia que me impedía pensar con claridad y una frase se repetía una y otra vez en mi mente: «Adiós, Bruselas. Adiós, Bruselas. Adiós, Bruselas».

Salimos de la consulta sin soltarnos la mano. Como si aquello pudiera solucionar el problema. Una lágrima cayó por la mejilla de mi madre, que continuó callada. Nos subimos a un taxi y volvimos a casa.

Al llegar, mi madre se puso a hacer la comida como si nada hubiera pasado. Yo me encerré en mi habitación y golpeé la mesa con el puño. ¿Por qué? Mi madre no se merecía aquello. Yo no me lo merecía. Se había pasado la vida trabajando, sacrificándose para que yo fuera alguien y esto era lo que recibía a cambio: una enfermedad que nunca le permitiría volver a ser la misma.

Era tan injusto.

Sobre todo para ella, pero quedó patente que no era la única a la que iba a afectarle. Había algo que tenía muy claro y es que nada era más importante que su bienestar.

Si ella lo había dado todo por mí, eso era lo menos que yo podía hacer por ella.

Mi madre me avisó de que la comida estaba lista, trataba de sonreír, pero noté en sus ojos que había estado llorando.

Me lancé a sus brazos y me agarré a su cuello como cuando era un niño y estaba disgustado por algo. No había nada más reconfortante que sus abrazos.

–No te preocupes, mamá. Voy a estar a tu lado. Siempre –afirmé convencido–. No voy a dejarte sola.

–Pero... –El llanto ahogó sus palabras.

–No mamá, esta vez no hay excusas. Estamos juntos en esto y saldremos adelante –logré decir con toda la calma de la que fui capaz.

–Te quiero, Felipe.

–Yo también te quiero, mamá.

–No pienso rendirme –afirmó con convicción.

La miré a los ojos y supe que mi madre lucharía con todas sus fuerzas para no dejarse vencer. Siempre había escuchado que el poder de la mente y el optimismo eran fundamentales para vencer cualquier enfermedad y, aunque en este caso lo único que pudiéramos hacer fuera ralentizar los avances del párkinson, estaba convencido de que la actitud positiva y valiente de mi madre sería imprescindible para lograrlo.

–El éxito es la suma de pequeños esfuerzos repetidos día tras día –le dije yo, recordando aquella frase que mi padre había tratado de inculcarme desde bien pequeño.

El recuerdo de mi padre hizo que nuevas lágrimas asomaran a sus ojos.

–Si mi Felipe estuviera aquí... –Y supe que hablaba de mi padre. Yo también deseaba que estuviera con nosotros, pero no quería que notase mi debilidad.

–Ahora yo soy tu Felipe, mamá.

Y supe que iba a tener que convertirme en el hombre de la casa. Con todas las consecuencias que eso iba a traer para mí.

CAPÍTULO 23

BRUSELAS

Mucho antes de lo esperado, Alicia recibió la noticia de que pasaba de estar en la bolsa de trabajo a incorporarse a su nuevo empleo como intérprete de la Unión Europea y su vida se convirtió en una frenética maratón para preparar su partida.

Cuando llegó el momento de buscar alojamiento, recordó el contacto que le había pasado Felipe. Lo buscó en el móvil. ¿Haría bien en llamar al tal Pablo? Lo cierto es que quería romper todo contacto con Felipe e irse a vivir con alguien de su familia no iba a ayudarla, pero tampoco le apetecía estar sola en una ciudad nueva desde el primer día.

No iba a reconocerlo ante nadie, pero estaba muy nerviosa y, literalmente, acojonada. Había trabajado en congresos importantes, pero la Unión Europea imponía y mucho. Sabía que iba a pasarlo muy mal los primeros días, pero si al menos tenía un hombro en el que apoyarse sería más fácil.

Siempre era difícil hacer amigos, puede que esto la

ayudara a aclimatarse con más rapidez. Sin pensarlo mucho, tecleó:

Hola, Pablo. Soy Alicia, una amiga de tu primo Felipe.

Miró la pantalla y lo borró todo. ¿Amiga? No, mejor no.

Hola, Pablo. Soy Alicia, una compañera de trabajo de tu primo Felipe. Voy a empezar a trabajar en Bruselas y me ha pasado tu contacto. Me ha comentado que es posible que estuvieras interesado en alquilar una habitación.

Mucho mejor.

Enseguida detectó que el estado del tal Pablo cambiaba de «última conexión» a «en línea» a «escribiendo».

Hola, Alicia.
¡Es un placer!
Tengo una habitación libre y estaré encantado de alquilártela.
Los amigos de Felipe son mis amigos.

Ella no había dicho amiga, ¿verdad?

Serás más que bienvenida. Te esperamos con los brazos abiertos. Ya me dirás cuándo llegas e iremos a buscarte al aeropuerto. :*:*

Alicia no pudo evitar sonreír. Sí que había sido buena idea que Felipe le diera el teléfono de su primo.

Con un problema menos en su lista, Alicia se centró en ultimar el resto de detalles de su partida y, casi sin darse cuenta, se vio a sí misma en el aeropuerto de Manises, con una maleta en la mano y un bolso en la otra.

Estaba a punto de comenzar una nueva vida.

En los días previos, se había despedido de sus amigos. De Santiago, Marisa y de la pequeña, que había resultado ser un adorable bebé de ojos azules y cabello rubio que recordaba a un querubín.

Alicia había temido que su amiga se sintiera celosa al ver que se marchaba, pero le bastó ver cómo miraba a su hija para saber que, en ese momento, nada la llenaría tanto ni la haría sentir tan feliz como dedicarse a su hija.

Marisa había cambiado sus sueños y prioridades, pero no se arrepentía. ¿Sentiría ella algo así alguna vez? Ella no se había planteado renunciar a sus sueños ni siquiera por Felipe.

Lidia, por su parte, no estaba contenta. Iba a echarla muchísimo de menos y era incapaz de entender el motivo por el cual ese nuevo trabajo era tan importante para ella. Sus amigos estaban en Valencia. Su familia estaba en Valencia. Felipe estaba en Valencia. ¿Qué podía ser tan importante como para dejarlo todo atrás?

A pesar de que no le hacía ninguna gracia que se marchara, le prometió que la visitaría pronto. Así podrían salir de fiesta por Bruselas ahora que las dos estaban solteras.

Se subió al avión con cierta melancolía.

Iba a añorarlos a todos. También a Felipe. No se habían despedido. Ni siquiera le había enviado un mensaje para darle las gracias por haberla puesto en contacto con Pablo. Tampoco le había dicho que finalmente sí que iba a compartir piso con él. Supuso que se enteraría antes o después, pero prefería no ser ella quien le diera la noticia.

Volver a entrar en contacto con él solo haría que ponerle las cosas más difíciles. Tenía la sensación, desde la noche del hospital, que había algo que Felipe no le había contado. Algo por lo que no quería marcharse de Valencia. Sí, no se separaba de su madre, pero ¿por qué? Le dolía que no se lo hubiera contado.

No es que eso la hubiera retenido. Se hubiera marchado igual, pero tal vez las cosas entre ellos podrían haber sido diferentes. Si no confiaba en ella, era imposible que su relación funcionara.

Cerró los ojos y trató de dormir. Puede que así lograse apartarlo de sus pensamientos.

Dos horas y media más tarde, la tripulante la despertó para pedirle que se abrochara el cinturón y pusiera el asiento en posición vertical. Estaban aterrizando. Tras bajar del avión y recoger su maleta en la cinta de equipajes, salió a la zona de llegadas, buscando a Pablo.

Había visto su foto de perfil de *whatsapp* y esperaba reconocerle. No le fue difícil, enseguida detectó a un trío de hombres muy guapos que la miraban. El del medio sostenía un cartel en el que se leía: *Alicia Ballester*.

¡Madre mía! ¿Esos eran el primo de Felipe y sus dos compañeros de piso? Se había muerto y estaba en el cielo. Parecía que los hubieran sacado a los tres de una pasarela. Se notaba que eran más mayores que ella, pero eso no les restaba ningún atractivo, al contrario, tenían ese no sé qué que hace a los hombres maduros todavía más interesantes. Como a George Clooney, por ejemplo.

Ligeramente nerviosa, se acercó a ellos.

–Hola, soy Alicia –murmuró, un tanto intimidada.

–Hola, Alicia. ¡Encantado! Yo soy Pablo, el primo de Felipe –exclamó el que había estado sosteniendo el cartel al tiempo que le daba dos besos. Era más bajito que su primo, tenía el pelo castaño aunque ya estaba poblado por algunas canas y unos bonitos ojos verdes. Estaba claro que había buenos genes en la familia–. Este es Stavros, es griego –dijo al tiempo que señalaba al hombre de su derecha. Alto, de piel morena, pelo negro rizado, ojos marrones y nariz recta, le recordó a la escultura del David por la perfección de sus rasgos. ¿Sería igual en todo?–, y este es Emmanuellë, es belga –terminó, señalando al hombre de su derecha. Un rubio de ojos azules y tez clara que la miraba divertido.

Aquello era como un chiste: van un español, un griego y un belga... Solo que esos hombres no tenían nada de chistoso. ¡Eran demasiado guapos! Fue recibiendo besos de todos ellos y, sin darse cuenta, se puso colorada. ¡Ni en sus mejores sueños se habría imaginado un recibimiento como aquel!

Los siguió hasta el parking y comprobó que todos hablaban entre ellos en un perfecto inglés.

–Oh, somos muy internacionales –le dijo Emmanuellë.

–Y el inglés es el idioma del mundo –añadió Pablo.

–También hablas francés, ¿verdad? –inquirió Stavros, que estaba sentado en el asiento trasero junto a ella.

Alicia asintió.

–En ese caso me temo que voy a tener que darte unas clases privadas de griego –murmuró seductor.

Alicia tragó saliva, nerviosa. ¿Dónde se había metido? De pronto, se le ocurrió que si Felipe hubiera sabido con qué tres especímenes iba a convivir no le hubiera dado el teléfono de su primo ni muerto. No pudo evitar sonreír al pensarlo.

–Yo también podría enseñarte español –respondió coqueta.

Llegaron al piso en el que vivían. Era grande, tenía cuatro habitaciones y dos baños: uno bastante grande y otro más pequeño.

–Hemos decidido cederte el baño pequeño a ti, nosotros compartiremos el otro. Para que te sientas cómoda.

Alicia agradeció el gesto. La casa estaba amueblada de forma moderna, le recordaba a la suya y se sintió cómoda al instante. Además, tenía una pequeña terraza con una mesa y un rincón lleno de plantas que resultaba muy acogedor.

–Solemos cenar aquí cuando hace buen tiempo –dijo Emmanuellë.

–Lo que viene a ser cuatro noches al año. –Rio Pablo. Para él, que era valenciano, siempre hacía frío en Bruselas.

Y sí, era cierto que el cielo de Bélgica solía estar nublado, pero Alicia pronto descubrió que había que conocer la ciudad para dejarse conquistar por su encanto. Los murales de comics la poblaban y le encantaba doblar una esquina y encontrarse con Asterix, Tintín o cualquier otro personaje de tira cómica. Alicia solo había localizado algunos, pero tenía intención de verlos todos. Eran el toque de color en medio del gris de la ciudad.

–Hay una ruta para recorrer todas las fachadas pintadas –le comentó Stavros un día–. Si quieres el fin de semana podemos hacerla juntos.

–Iremos todos –sentenció Emmanuellë.

Estaba claro que sus tres nuevos amigos no pensaban dejarla sola.

La vida en Bruselas iba a resultar mucho más divertida de lo que había imaginado.

CAPÍTULO 24

La vida sigue

Tres meses más tarde

Alicia no tardó en aclimatarse a su nueva vida, los primeros días se había sentido insegura y tensa ante su nuevo trabajo, pero poco a poco empezaba a volver a interpretar con confianza. Cada día era un nuevo reto y la satisfacción que suponía para ella el trabajo bien hecho la hacía sentir bien consigo misma.

Puede que llevara años interpretando, pero allí se sentía una novata, había gente con muchísima experiencia y durante las primeras jornadas se sintió intimidada. Interpretar a altos cargos políticos al alto nivel que se exigía era estresante, pero trató de hacerlo lo mejor posible. Además, los temas a tratar eran dispares, muy interesantes y de actualidad mundial, lo que la hacía sentirse muy importante.

Poco a poco, había adquirido una rutina y esa estabilidad había contribuido a que se relajara. Cada día se levantaba, se arreglaba y se tomaba un café bien cargado mientras desayunaba con Stavros y Emmanuellë (con Pablo era imposible, todos los días salían de casa y, él, seguía en la cama, incapaz de madrugar con la consecuencia de que luego era siempre el último en volver del trabajo), luego cogía el metro hasta la parada de Schuman y pasaba el día interpretando en el Parlamento.

Si había algo de su nuevo trabajo que le gustaba eran las cabinas de interpretación: amplias y modernas. No tenía que volverse loca ni hacer ningún Tetris para que le cupiese dentro de la cabina la tableta, sus papeles con notas y el agua. Tenía un perchero donde colgar el abrigo, cosa que, aunque básica, no siempre tenían, de hecho, estaba acostumbrada a que la cabina fuera un horno y su silla tuviera que ejercer de perchero de sus múltiples capas de ropa.

A mediodía, en las pocas ocasiones en las que salía el sol en la ciudad, comía de picnic en el parque del Cincuentenario. Los gigantes arcos del triunfo le recordaban al arco de la Porta de la Mar en Valencia y la hacían sentir en casa, y le encantaba perderse por los paseos arbolados.

Por otro lado, le encantaba hacer turismo por la ciudad y siempre tenía a alguno de sus compañeros de piso dispuestos a acompañarla. La arquitectura de Bruselas era muy variada y chocaba el contraste entre las distintas zonas de la ciudad, desde las construcciones medievales de la Grand Place a los vanguardistas edificios de las instituciones europeas.

Si algo le sorprendió, fue el cariño con el que la habían acogido Pablo, Emmanuellë y Stavros. Se convirtió en una más y se alegró de ver que los coqueteos del griego se quedaron en eso. Estaba claro que no eran hombres de una sola mujer, así que, iniciar algo con una con la que iban a tener que convivir, no parecía muy inteligente para alguien como ellos. Con lo que, aunque los tres eran bastante mujeriegos, a ella la trataban como si fuera su hermana pequeña.

Lo cierto era que no tenía de qué quejarse: tenía un buen sueldo y por fin trabajaba donde siempre había soñado, pero, ya lo dice el dicho, que a veces lo que uno quiere no siempre es lo que necesita. Eso es precisamente lo que le pasaba ella. No es que no fuera feliz, que lo era, es que sentía que seguía faltándole algo.

Y ese algo, tenía un nombre.

Felipe se había convertido en un autómata: trabajaba y cuidaba de su madre, pero apenas tenía vida social. No se sentía con ganas. Pensaba que recuperar la vida que había tenido antes de reencontrarse con Alicia sería fácil, pero lo cierto es que no podía estar más equivocado.

«Estás errado», le habría dicho su padre si aún viviera.

Creía que podría volver a sus rutinas, a sus ligues y a todo lo que hacía antes, pero no es que no pudiera, es que no quería. Nada tenía sentido. Era como si un pedacito de su alma se hubiera ido a Bruselas con ella. Se sentía como un zombi.

Por suerte tenía mucho trabajo, Marisa le había pasado todos sus clientes, lo que, sumados a los suyos se traducía en muchos congresos y horas de interpretación. Y, por fortuna para él, durante el día, su madre estaba bien cuidada en un centro de día. La enfermedad había avanzado con el paso de los años y, pese a la medicación y a la rehabilitación, su madre empezaba a tener serios problemas con la movilidad, que cada vez era más reducida, aunque ella no se dejaba vencer y era sorprendente todo lo que hacía por sí misma.

Había veces en las que se quedaba bloqueada y no podía moverse y otras en las que tenía que hacerlo dando pasos cortos y arrastrando los pies. Aun así, ella se negaba a quedarse quieta. Mientras pudiera seguir haciendo las cosas, las haría, aunque tardase tres veces más que una persona normal.

Un domingo por la tarde, Felipe y su madre estaban sentados en el salón, dormitando mientras veían una de esas películas de después de comer cuando le sonó el móvil, despertándolos a los dos.

Cogió su teléfono y miró la pantalla, una retahíla de *whatsapp*s de Pablo. ¡Vaya!

¡Hola, primo!

¿Qué tal va todo?

Por aquí todo bien.

Alicia ya se ha aclimatado a su nuevo trabajo y se la ve bastante contenta.

Por cierto...

¡Ya te vale no haberme avisado de que era un pibón!

Las estoy pasando canutas para que Emmanuellë y Stavros se comporten.

Especialmente Stavros.

Si lo dejo hacer, hubiera intentado ligársela el primer día.

¿Qué cable se te ha cruzado para dejar escapar una tía como esta?

Felipe dejó caer el móvil sobre el sofá y, molesto por las palabras de su primo, salió de la habitación. ¿Es que todo el mundo iba a decirle lo que tenía que hacer? Parecía mentira que su primo le hiciera esa pregunta. Sabía de buena tinta a todo lo que había tenido que renunciar cuando a su madre le habían diagnosticado el párkinson. ¿Qué era lo que no entendía? Ella estaba en Bélgica y él en España, ¿cómo no iba a dejarla marchar?

Estaba cabreado. Eso no era lo único que le había molestado de los mensajes recibidos.

¿Qué era eso de que sus dos compañeros de piso querían algo con ella? Felipe los conocía y no le hizo ninguna gracia saber que Stavros se había fijado en ella.

Maruchi se sujetó con fuerza del reposa brazos del sofá y poco a poco fue haciendo fuerza para ponerse en pie. Cada vez le costaba más, pero no quería llamar a su hijo para que la ayudase a levantarse porque no quería que supiera lo que iba a hacer. Arrastrando los pies y dando pasos cortos, se acercó y cogió el móvil de su hijo. Toqueteó en la pantalla hasta dar con lo que buscaba. Curiosamente le costaba más utilizar teléfonos normales y, sin embargo, con los táctiles conseguía apañarse bastante bien si eran grandes, y por suerte Felipe estaba a la última con las tecnologías y tenía un recién estrenado iPhone 6.

Entró en la aplicación de *whastapp* y leyó la conversación.

Observó la pantalla sorprendida: ¿qué era todo eso de que Alicia vivía con su sobrino Pablo? Estaba claro que Felipe había tenido algo que ver en eso, pero a juzgar por su reciente reacción, no parecía muy satisfecho con su decisión.

Levantó la cabeza y miró al cielo.

«Felipe, ¿qué vamos a hacer con este hijo nuestro? Ya te digo yo que es tonto».

Sacudió la cabeza, otra cosa no, pero mira que era cabezota.

Sabía que si le preguntaba a su hijo no iba a obtener ninguna respuesta, eso seguro, pero también tenía la certeza de que tenía que hacer algo. No iba a permitir que tirara su vida por la borda. Su Felipe no lo hubiera permitido. Y, como él no estaba allí para poder hacerlo, tendría que hacerlo ella.

Había permanecido impasible demasiados años mientras veía como la enfermedad les condicionaba, pero, mientras tuviera fuerzas, seguiría luchando.

Siempre los había tenido bien puestos y era hora de demostrarlo.

Escuchó el sonido de la puerta de la calle.

—Mamá, voy a salir a dar un paseo, ¿te importa quedarte sola un rato?

A Maruchi no se le ocurría un momento mejor. Cuanto más lejos lo tuviera más tranquila podría ejecutar su recién pensado plan.

—No. Estoy viendo la película, tranquilo. No tengas prisa.

Su cabeza iba a mucha más velocidad que su cuerpo y, en apenas unos minutos, había llegado a la conclusión de que si Mahoma no iba a la montaña, la montaña debería ir a Mahoma.

En otras palabras, que si Felipe no pensaba ir a buscar a Alicia, tendría que ir ella.

Dejó el teléfono de su hijo donde estaba, volvió a sentarse en su sitio y cogió el suyo. Pulsó el nombre de su hermana y le dio al botón de llamada.

—¡Lolín! ¿Cómo estás?

¡Mierda! Se había olvidado el móvil en casa... Cuando había leído los mensajes de su primo se había enfadado tanto. ¡Se sentía imbécil! Había pasado una semana en casa de Pablo hacía unos veranos y conocía a sus compañeros de piso. ¿Cómo no había pensado en eso cuando le había pasado a Alicia el contacto de su primo?

Una cosa es que ellos dos no pudieran estar juntos y, otra muy diferente, enviarla a una casa donde iba a estar rodeada de hombres.

Además, sabía muy bien lo peligrosos que eran aquellos tres cuando se trataba de mujeres.

Un escalofrío le recorrió la espina dorsal.

¡Era un capullo!

¿Cuántas veces a lo largo de su vida le había dicho Alicia eso? Sin duda unas cuantas y empezaba a ver ahora que siempre lo había hecho con razón.

Por desgracia, aquello no tenía solución. No era tan sencillo. No podía largarse al aeropuerto, coger un avión, plantarse en su casa y decirle que la quería.

Sin embargo, eso que a él le parecía tan complicado era justo lo que otra persona tenía intención de hacer.

CAPÍTULO 25

VIVIR SERÁ UNA GRAN AVENTURA

¿Dónde diablos estaba su sobrino Pablo? Entenderse con aquellos dos estaba resultando ser misión imposible, ¡con lo que le había costado a ella llegar hasta allí! Estaba sentada en el sofá del comedor y ya no sabía cómo explicarlo.

–Español, español, yo hablo español de España.

Emmanuellë y Stavros se miraron. Pese a que llevaban años viviendo con Pablo nunca se habían molestado en aprender español. Siempre hablaban en inglés o, incluso francés, que eran los idiomas que utilizaban en el trabajo, pero aquella buena mujer no parecía hablar otra cosa.

Suponían que era familia de Pablo, o eso habían creído entender, porque cuando habían abierto la puerta de su piso esa había sido la única palabra que habían comprendido de todo el discurso que les había soltado.

¡Lo tenían claro! Con lo tarde que salía su amigo por las mañanas, probablemente aun le quedarían un par de horas hasta que pudiera volver, ¿qué iban a hacer con ella? Con un poco de suerte, Alicia llegaría a casa y les echaría un cable, pero mientras tanto, tenían que poder comunicarse.

Emmanuellë levantó el dedo índice y miró satisfecho a Stavros, como quien acaba de tener una idea brillante. Se puso en pie, se metió en su habitación y salió con el portátil.

–Google Translator –dijo a modo de explicación mientras lo dejaba sobre la mesa de café.

Maruchi no entendía nada.

Emmanuellë escribió en la aplicación, presionó en el botón y le acercó el ordenador para que la señora pudiera leer la traducción.

Somos los compañeros de piso de Pablo, ¿es familia suya?

Maruchi tuvo que ponerse las gafas y, entonces sonrió.

Se acercó al portátil y, con gran esfuerzo, fue tecleando lo que quería decirles.

Soy Maruchi, la tía de Pablo.

¡Ah! Pues sí, algo habían entendido, pero ¿qué hacía allí? Pablo no les había avisado de que fueran a recibir ninguna visita.

Vengo a buscar a Alicia. Era la novia de mi hijo.

Stavros y Emmanuellë intercambiaron una mirada de fastidio.

En ese momento, Alicia abrió la puerta y se encontró al belga y al griego comunicándose con una señora de unos sesenta y cinco años de edad a través del portátil.

–¿Qué hacéis?

–Es la tía de Pablo. Solo habla español.

Alicia no pudo evitar soltar una carcajada ante la cómica situación.

–Buenas tardes, ¿qué tal? –dijo Alicia mientras se agachaba a darle dos besos–, soy Alicia.

La mujer la miró con adoración.

–Soy Maruchi, perdona que no me levante.

Alicia se sorprendió de lo tersa que tenía la piel la tía de Pablo, apenas tenía arrugas. ¿Sería de esas mujeres que se ponían Botox? Ella lo odiaba, porque le parecía que quienes se inyectaban ese tipo de sustancias luego perdían expresividad en la cara. Poco podía imaginarse ella, que el causante de esa falta de expresión era otro bien distinto.

Alicia se sentó junto a ella.

–Pablo no nos había dicho que venía de visita, por eso nos ha pillado por sorpresa.

–Oh, es que no le he dicho nada.

Ah, eso tenía más sentido, Pablo era muy mirado para esas cosas y hubiera ido a recogerla al aeropuerto. Pero había algo que no entendía muy bien, ¿cómo se le ocurría a una mujer de su edad hacerse el viaje hasta allí sin avisar?

–No creo que tarde mucho en llegar –añadió. A ver cómo se quedaba cuando se encontrase a la buena mujer.

–Pero hija, no me llames de usted, por favor –sacudió la mano, horrorizada–, me haces sentir mayor y, además, somos casi familia.

¿Familia? ¿A qué se refería? Se llevó la mano a la boca al darse cuenta de lo que la señora pensaba. ¡Creía que era novia de Pablo!

–No, Maruchi, se equivoca. Yo no salgo con su sobrino.

Ella la miró indignada.

–¡Válgame el cielo! Por supuesto que no. Yo me refería, a mi Felipe.

—¡¿Cómo?! –la pregunta salió de su boca en un grito.

—Mi querida niña, no he venido a ver a mi sobrino. No es que no me haga ilusión verlo, es que tengo algo mucho más importante que hacer. He venido con una misión.

Lo dijo con tal seriedad que podría haberle dicho que era agente de la CIA y se lo hubiera creído. Aunque a Alicia se le empezó a revolver el estómago porque tenía la intuición de cuál era el motivo de su visita.

—He venido a hablar contigo. A pedirte que vuelvas con mi hijo.

Pese a que se lo había olido cuando le había explicado quien era, le costaba creerlo. No dijo nada. No sabía qué decir, así que decidió que sería mejor que Maruchi continuará con su perorata.

—Desde que viniste a Bruselas está hecho polvo. Sé que te quiere, pero no sé cómo ha sido tan imbécil de dejarte escapar.

—Bueno –interrumpió Alicia–, él no quiso optar a este puesto porque quería quedarse con usted…

—¡Por el amor de Dios! Trátame de tú, que todavía no soy una octogenaria… Y sí, ya sé que se quedó por mí. Pero no por mi culpa. Este hijo mío se siente esclavo de sus palabras. Un día me dijo que no me dejaría sola y ahora no hay quién le haga cambiar de opinión.

Las palabras de Maruchi tenían a Alicia alucinada. Aquella señora no era la suegra odiosa que había imaginado. No era el tipo de persona que fuerza a sus hijos a quedarse con ella a través de chantajes ni haciéndose la víctima. Lo que no entendía era la obsesión de Felipe por vivir con ella y no salir de su ciudad si a ella le parecía bien. Tenía que haber algo más.

–Mira, cielo, yo quiero que él viva su vida. No quiero convertirme en una bruja tóxica que lo ahogue y que convierta su vida en una condena. Yo quiero que sea feliz. Yo quiero envejecer siendo una abuelita entrañable de cabello canoso, como la reina Isabel II.

Alicia ahogó una carcajada. Probablemente la definición de persona entrañable no es la que Lady Di hubiera dado de su suegra.

–Lo que quiero decir, es que, aunque yo no pueda valerme por mí misma, quiero ser independiente y quiero que él lo sea. No quiero ser una carga.

¿Cómo que no podía valerse por sí misma? No sabía qué era lo que le pasaba a Maruchi, pero una persona que se había ido a otro país a buscar a la ex de su hijo no le parecía que precisara tantos cuidados.

–Su sueño también era venir a Bruselas, ¿sabes?

Eso es lo que ella había creído siempre, pero su actitud ante la convocatoria le había hecho cambiar de parecer. ¿Por qué se empeñaba Felipe en quedarse con su madre? ¿Es que tenía complejo de Edipo?

De repente, se abrió la puerta y apareció Pablo.

–¿Tía Maruchi? –preguntó extrañado.

–Hola, Pablito.

–¿Qué haces aquí? ¿Cómo no me has avisado de que venías?

–¿Para qué? Me las he apañado muy bien solita y, además, quería demostrarle a mi hijo que no lo necesito tanto como él se cree.

Pablo entornó los ojos. Aquello era raro, raro, raro. Su primo era muy protector con su madre. ¿La había dejado ir a Bruselas sola y encima sin siquiera avisarle para que fuera a recogerla? Algo no cuadraba.

–Tía… ¿Felipe sabe que estás aquí?

—¡Pues claro que no!

Alicia y Pablo intercambiaron una mirada de horror. Conociéndole como le conocían, debía estar volviéndose loco buscando a su madre si es que ya se había percatado de su ausencia.

—Esta mañana, en vez de subirme a la furgoneta del centro de día al que voy, he llamado a un taxi y me he plantado en el aeropuerto —relató pagada de sí misma—. Hoy en día todo es muy sencillo con el servicio de asistencia que dan, me han llevado al avión y lo mismo a la llegada, me han ayudado a pasar los filtros y todas esas cosas.

¿Centro de día? ¿Asistencia? Felipe no le había dicho nada de que su madre estuviera enferma. ¿Qué le pasaba? Y, más importante todavía, ¿por qué se lo había ocultado?

—¿Sabéis que es la primera vez que salgo de España?

Alicia le puso la mano en el hombro, para que cesara su narración.

—Tiene que llamar a su hijo.

—¡Ni hablar! Sé de sobra lo que me va a decir... —Sacudió la cabeza en una firme negativa. Estaba claro de quién había heredado Felipe su testarudez—. Aunque si quieres —sonrió picarona—, puedes llamarlo tú.

Alicia frunció el ceño. No pensaba entrar en ese juego. Miró a Pablo y le señaló con la cabeza. Era su primo, que cumpliera con su responsabilidad.

—Ni de coña.

—Pablo —insistió.

—No. Mi tía ha venido por ti, así que, en todo caso, te corresponde a ti hacer esa llamada.

Pasó la mirada de uno a otro. Pablo, cruzado de brazos, parecía decidido a cederle a ella la tarea y Maruchi no podía estar más encantada. Solo le faltaba ponerse a dar palmas allí mismo. Estaba claro que la misión con la que había ido allí era hacer de celestina.

Sacó su móvil del bolso y entró en «contactos». Hacía meses que ya no estaban juntos, pero seguía teniéndolo en «favoritos». Se quedó parada, dudando por un momento si llamar o no. Finalmente se puso en pie y fue a su habitación. Iba a llamarlo, pero no era necesario hacerlo para todos los públicos.

Alicia se sentó en la cama y se quedó con el dedo inmóvil a escasos centímetros de la pantalla. Podía escuchar a Pablo, que les estaba explicando a Emmanuellë y Stavros todo lo que estaba pasando. Sin darse tiempo a pensarlo mucho, le dio al botón de llamada.

—¡Mamá!

El grito angustiado de Felipe le resonó en el oído. Estaba tan nervioso que ni siquiera se había fijado en quién llamaba.

—Felipe. —Se le rompió la voz. ¿Cómo explicárselo todo?

—¿Ali? ¿Eres tú?

—Felipe, tu madre está aquí.

—¿Qué cojones dices? Aquí, ¿dónde?

—En Bruselas. En casa de tu primo.

—¿Cómo que en Bruselas?

—Pues que tu madre ha cogido un avión y se ha presentado en casa de Pablo.

—Estás de broma, ¿verdad? No tiene gracia —Felipe no entendía nada, pero se estaba empezando a poner nervioso—. Es imposible que mi madre esté ahí. ¡Imposible!

—Te estoy hablando en serio. —Aquello se estaba poniendo tenso–. Dice que ha cogido un taxi esta mañana en vez del…

–Pásamela. –El tono de voz que utilizó era autoritario y se notaba que estaba muy, muy enfadado.

Sin replicar, salió de nuevo al salón, se acercó a Maruchi y le ofreció el aparato, pero ella negó con la cabeza.

–Maruchi, por favor, está muy nervioso…
Pero ella se mantuvo en sus trece.
–Dice que no quiere ponerse –susurró Alicia, sabedora de que alguien iba a montar en cólera.
–¡¿Qué?! ¡Dile que se ponga!
–¡No quiere! –¿Qué podía hacer ella?

Al otro lado de la línea, a Felipe le estaban entrando sudores fríos, ¿cómo se las había arreglado para llegar hasta allí sola y sin ayuda? Y ¿por qué? ¿Cómo había sabido que ella estaba en casa de Pablo?

¡Mierda! Los mensajes de *whatsapp*. Toda su vida había sido una cotilla y no iba a cambiar ahora. Seguro que los había leído.

Trató de calmarse antes de volver a dirigirse a Alicia. Aquello no era culpa suya. No. Como todo lo que sucedía en los últimos tiempos, él era el culpable. Quería hacer las cosas bien y todo le salía rana.

–¿Se encuentra bien? –susurró.
–Yo la veo estupenda. –Maruchi estaba muy divertida charlando gracias al Google Translator con Emmanuellë y Stavros ante la estupefacta mirada de su sobrino.
–¿Lo dices en serio?
–Sí.
Felipe suspiró aliviado.
–De acuerdo, voy a ver cuando sale el próximo vuelo y estaré allí lo antes posible.

–Avísame de a qué hora llegas e iré a buscarte al aeropuerto.
–Gracias y, por favor, Ali, cuida de ella.
–Lo haré –prometió en voz baja.
Al ver que había colgado, la que podría haber llegado a ser su suegra se giró hacia ella satisfecha. Ya tenía lo que quería.
–¿Y bien? –preguntó.
–Creo que mañana lo tendremos aquí.
Maruchi sonrió eufórica, su plan estaba en marcha.

CAPÍTULO 26

The tourist

Alicia no sabía qué era lo que le pasaba a la madre de Felipe, pero se dio cuenta enseguida de que estaba enferma. De pronto comprendió porqué nunca se quedaba a dormir en su casa, porqué no se había presentado a las oposiciones de la Unión Europea y por qué el día anterior se había mostrado tan preocupado.

Lo que no comprendía era por qué no se lo había dicho.

Habían salido juntos durante varios meses y, a lo largo de todo ese tiempo, no le había contado nada. Le había hecho creer que era un pelele que vivía supeditado a los deseos de su madre cuando eso no podía estar más lejos de la realidad.

A sus ojos, era un héroe: había sacrificado todo lo que más quería por su madre. Y, aunque aquello la incluyera a ella en el lote, se sentía orgullosa de él. Puede que Felipe a veces pareciera soberbio, prepotente u orgulloso, pero la realidad era que era generoso, cariñoso y bueno.

Le dolía que no hubiera confiado en ella lo suficiente, pero empezaba a comprender cómo había sido su vida.

Se percató de que Maruchi tenía problemas de movilidad, pero la mujer se empeñaba en hacerlo todo sola. Arrastrando los pies, dando pasos cortos y sujetándose en algunos muebles se iba moviendo por la casa. Del salón hasta el balcón para la cena y del balcón hasta el cuarto de Pablo que dormiría en el sofá. Aunque aquí, avergonzada tuvo que pedirle ayuda a Alicia para poder desvestirse y ponerse el pijama.

Se empeñó en ir sola hasta el baño y Alicia se fue al salón a comentar con sus amigos todo lo sucedido. Solo estaban Pablo y Stavros. No le dio tiempo a preguntar por el belga. El grito chillón de Maruchi resonó por todo el apartamento y, probablemente, por toda la manzana.

Alicia salió corriendo a buscarla y se la encontró en la puerta del baño de los chicos. ¡Ay, madre! Se le había olvidado decirle que tenía que ir al otro. Emmanuellë, rojo como un tomate, se estaba abrochando el pantalón y Maruchi estaba exultante.

—Creo que mañana no hace falta que hagamos turismo. ¡Ya he visto el Manneken Pis! –Rio.

Al día siguiente, Alicia cogió el coche de Pablo y se fue al aeropuerto a recoger a Felipe. En su interior bullía una amalgama de sentimientos y no sabía cuál era el que sobresalía más. Estaba ansiosa, confusa, alegre, molesta...No sabía qué podía esperar de él cuando lo viera de nuevo y, aunque su despedida el día del parto de Marisa había sido bastante adulta, las cosas entre ellos siempre terminaban dinamitándose.

No pudo evitar que se le acelerase el corazón cuando se abrió la puerta de llegadas y lo vio. A pesar de que salían multitud de pasajeros, ella solo lo veía a él. El resto de gente no era más que una masa borrosa.

Llevaba unas zapatillas de deporte verde oscuro, unos vaqueros y una camiseta ceñida. La barba estaba un poco más larga de lo habitual y se le notaba cansado y ojeroso. Aun así, siguió pareciéndole el hombre más atractivo del mundo. Pablo, Emmanuellë y Stavros eran increíblemente atractivos, pero había algo especial en Felipe, en su aura, o tal vez, simplemente fuera la química entre ellos.

Se acercó y se detuvo a escasos centímetros de Alicia, tratando de decidir si debía besarla, abrazarla o... Todavía estaba pensándoselo cuando ella se lanzó sobre él.

—¡Felipe! Has tenido que pasarlo fatal, cuánto lo siento.

Él no pudo evitar esbozar una sonrisa al sentir las cálidas manos de Alicia rodeándole el cuello y acariciándole el cabello. Siguiendo un impulso, la estrechó también entre sus brazos.

Permanecieron así unos minutos. La gente los miraba al pasar, pero no parecían percatarse. Hasta que Alicia reaccionó y se separó disimuladamente.

—¡Menuda ha liado tu madre! —exclamó para relajar la situación.

—Cuando la pille... —amenazó él—. ¿A quién se le ocurre? Y más en su situación.

—Felipe, no estoy ciega y he visto que tu madre está enferma. ¿Qué tiene?

—Párkinson —respondió—. Se lo detectaron hace diez años.

—Pero eso es...

–Exacto –asintió–, el año que terminaste la carrera.

Se dirigieron al aparcamiento y, en el trayecto hasta casa de Pablo, Felipe continuó explicándole todo lo que había sucedido. Alicia iba a comprender muchas cosas por fin.

–Cuando te besé la noche de la graduación fui un estúpido. Un capullo, como dijiste tú. –Alicia le sonrió de soslayo. Siempre había utilizado el mismo insulto con él–. Acababa de presentarme a las mismas pruebas que aprobaste tú hace unos meses.

–¿Cómo?

–Pues que había aprobado la oposición para intérprete en la Unión Europea, Ali. Empezaba a trabajar después de verano, por eso no podía –se frotó las manos, nervioso –, o no quería empezar algo contigo.

Alicia se giró hacia él. Durante todos aquellos años siempre había pensado que él simplemente se había arrepentido de besarla porque no le gustaba lo suficiente. Porque en el fondo le había parecido una niña.

Felipe pareció haberle leído la mente.

–Por eso me aparté de ti. Pensé que era un error dejarme llevar por lo que sentía si nos íbamos a tener que separar. Estábamos en fases tan diferentes de la vida… –Su voz se apagó y luego resurgió con rabia–. Pero a pesar de todo, no paraba de recordarte, me di cuenta de que la había cagado y quise acercarme a ti para arreglarlo, pero estabas furiosa y quisiste castigarme.

–Rodrigo –susurró ella.

–Sí, ese maldito Rodrigo.

–Pero, si querías arreglar las cosas, ¿por qué no me dijiste nada? ¿Por qué no me diste la matrícula? ¿Por qué me hablaste así?

Felipe levantó la vista al cielo y cogió aire.

—Siempre he sido un arrogante, pero en aquel entonces lo era mucho más. Sabía que me odiabas y no creí que quisieras verme, pero yo lo necesitaba. Pensé que si te bajaba la nota vendrías a la tutoría.

—Fui.

—Oh, ya lo creo que viniste. ¡Estabas furiosa! Entraste allí hablándome de aquel modo... ¡Joder! Me encendiste y, entonces sí, me comporté como un auténtico capullo, haciéndote sentir mal contigo misma y apartándote de mí.

Alicia se aferró al volante con las manos y fijó la vista en la carretera. Parpadeó un par de veces para evitar que las lágrimas se abrieran paso.

—Unas semanas después, a mi madre le diagnosticaron la enfermedad. Es viuda y yo soy hijo único, no me sentí capaz de marcharme y abandonarla a su suerte, así que me quedé con ella. Hasta hoy.

Permanecieron callados mientras el coche seguía su camino.

—¿Por eso no te quisiste presentar a las pruebas?

Felipe suspiró.

—No la dejé sola en su momento, y no puedo hacerlo ahora. Me entiendes, ¿verdad?

Alicia se giró hacia él y vio la tristeza en sus ojos. Sabía el dolor que eso le estaba causando. Quería creer que no solo era por no haber podido cumplir su sueño, sino que parte de esa pena era porque lo suyo no había funcionado.

—Debiste habérmelo dicho —se lamentó.

—¿Para qué? ¿Para condicionarte a ti también la vida? ¡Ni hablar! —Negó con la cabeza—. ¿Qué habrías hecho si lo hubieras sabido, Ali? ¿Habrías renunciado a tus sueños por mí?

Por suerte para ella, que no tenía ni idea de qué responder, llegaron a casa de Pablo. Metió el coche en el garaje y la conversación quedó en el aire. Tendrían que terminarla más adelante.

Entraron en casa y se dirigieron al balcón, desde donde les llegaban las voces de Maruchi y los chicos, que estaban desayunando.

Felipe se sorprendió al ver lo feliz que se la veía. Se había pintado los labios, reía y parecía muy a gusto entre su sobrino y sus dos amigos. Se giró al escucharlos y le brillaron los ojos.

–¡Hijo! Ven a darle un beso a tu madre.

–¿Un beso? –A Felipe, que al verla tan bien ya se había relajado, amenazaba con escapársele la risa floja–. Me parece que te voy a dar un capón mamá, ¿a quién se le ocurre? Me diste un susto de muerte.

–Bueno, a mi edad una tiene que vivir alguna aventura... tener algún aliciente en la vida.

–Podría haber venido contigo –insistió.

–No me has sacado de casa en todos estos años. Si te digo que vengo a ver a tu exnovia me hubieras atado a la cama.

Pablo, interpretaba la conversación al inglés para jolgorio de Emmanuellë y Stavros que estaban alucinados con el desparpajo de la mujer.

–Es que no tenías que venir aquí para nada –gruñó.

–Ya lo creo que sí. ¿Verdad que sí?

Todos asintieron. Nadie quería llevarle la contraria a Maruchi.

Felipe desistió de discutir con su madre, no iba a hacer que cambiara de opinión, pero ya hablaría en privado con ella. Se acercó a darle un abrazo a su primo y saludó cortés con un apretón de manos a los otros dos. Alicia comprobó, halagada, que apretaba más de la cuenta la mano del griego y que sus labios formaron una fina línea. ¿Estaba celoso?

Se sentaron a desayunar con ellos.

—Y bien —inquirió Maruchi—, ¿qué vamos a hacer hoy?

Era sábado y nadie trabajaba, así que los tenía a todos a su disposición, con lo que podían hacer un pequeño recorrido por la ciudad.

—¿Quieres ver el Manneken Pis, mamá?

—Calla, hijo, calla, que eso ya lo vi ayer.

Ante la estupefacta mirada de Felipe, todos estallaron en carcajadas.

Pablo se las apañó, gracias a unos conocidos, para conseguir una silla de ruedas y que su tía pudiera visitar la ciudad con comodidad. Aunque todavía caminaba en distancias cortas, ni mucho menos podía recorrerse Bruselas a pie.

Felipe había comprado billetes para volver al día siguiente y, como era sábado, y ninguno trabajaba ese día, decidieron hacer turismo todos juntos.

Empezaron recorriendo la Ciudad Baja y, en concreto, comenzaron por el enclave más famoso: la Grand Place. Maruchi, que apenas había salido de su Valencia natal y que tan solo había visitado algunas ciudades españolas, estaba emocionada. La hermosa plaza adoquinada estaba rodeada por majestuosos edificios y probablemente constituía el conjunto arquitectónico más hermoso de la ciudad. La madre de Felipe disfrutó como no lo había hecho en años.

Se apresuró a tocar el brazo de bronce de la estatua

de Everard't Serclaes, quien fue ejecutado mientras defendía Bruselas en el siglo XIV. Lo frotó con insistencia. Iba a necesitar mucha de esa suerte para que las cosas salieran como ella deseaba.

–Ahora vamos a ver el auténtico Manneken, tía, está aquí al lado.

Rodeado de decenas de turistas que le hacían fotos sin cesar, se encontraba una estatuilla de un niño desnudo orinando en una pequeña pila.

Maruchi frunció el ceño.

–Qué queréis que os diga –murmuró pensativa–, ¡yo prefiero el de ayer!

Todos rieron, incluso Felipe, aunque no pudo evitar desear que se lo tragara la tierra. ¡Su madre estaba desconocida! Eso sí, parecía tan feliz que, a pesar de la locura que había cometido, era imposible no alegrarse.

Tras un pequeño paseo, llegaron a las Galeries St-Hubert. Era una galería comercial muy elegante, cubierta por una bóveda de cristal y Maruchi se volvió loca viendo los escaparates. Como ya empezaban a sentir hambre, se dirigieron hacia la Rue des Bouchers.

–He aquí el *estómago de Bruselas* –presentó Pablo.

La calle adoquinada estaba atestada de restaurantes: chinos, griegos italianos, indios... pero, sobre todo, restaurantes de pescado que ofrecían a los turistas el plato tradicional. Se sentaron en uno de ellos y Emmanuellë pidió para todos.

–*Moules-frites s'il vous plaît!*

Con rapidez les sirvieron en unos cuencos unos mejillones al vapor en su jugo con cebolla y vino blanco acompañados de patatas fritas y mayonesa.

–Es la primera vez en mi vida –exclamó Maruchi

con los ojos muy abiertos– que veo que se saquen las *clochinas*, como las llamamos en Valencia, con ¡patatas fritas!

–Si lo piensas no es tan raro, mamá –replicó Felipe mientras se metía un mejillón en la boca–, ¿o es que en Valencia no los pedimos para picar junto con otras tapas como pueden ser las patatas bravas muchas veces?

A Maruchi seguía pareciéndole extraño, pero como estaban ricos se comió los mejillones y también las patatas. Pidieron una botella de vino blanco para acompañarlos y para ella un agua con gas.

Si no fuera por el trasfondo de la situación, Felipe se habría sentido realmente a gusto allí, como en casa.

Lo cierto es que Emmanuellë y Stavros eran muy agradables y trataban a Alicia más como una amiga que otra cosa y Felipe suspiró aliviado. A pesar de que el belga y el griego eran la clase de hombres que podían tener a la mujer que quisieran, le gustaba como se comportaban con ella. Era cierto que Stavros coqueteaba de vez en cuando, pero siempre con un tono de broma. Además, si Pablo les había prevenido, sabía que tendrían las manitas quietas. Se alegraba de haberle dado la dirección de su primo. No estaba sola en su nueva vida y estaba rodeada de personas encantadoras que seguro que hacían que todo resultara más fácil.

«Ojalá yo también pudiera estar a su lado», pensó cabizbajo. Le habría gustado vivir esa experiencia, pero no era posible. A la mañana siguiente su madre y él cogerían un avión que los llevaría de vuelta a su rutina.

–Me apetece chocolate –murmuró Maruchi sacándolo de sus pensamientos.

Estas palabras los llevaron a todos a dirigirse a uno

de los muchos puestos callejeros que poblaban las calles y a hacerse con unos buenos gofres. Era difícil decidirse, pues servían muchos tipos diferentes. Desde los más sencillos que solo llevaban mermelada o chocolate hasta los que iban cubiertos de fresas, plátanos, nata o ¡todo junto!

Al final optaron por unos de fresas con nata y decidieron llevar a Maruchi a probar el chocolate de Wittamer. Pasearon hasta la plaza del Grand Sablon, donde el célebre fabricante tenía una tienda y una pequeña cafetería.

Como, al parecer, la buena mujer nunca tenía suficiente chocolate, terminaron comprando también en la exclusiva chocolatería de Pierre Marcolini, que se encontraba en la misma plaza.

—¡Joder, mamá! Te llevas chocolate como para subsistir hasta el fin de tus días únicamente a base de cacao.

—Bueno, yo ni fumo, ni bebo, ni tomo drogas. Tengo derecho a este pequeño vicio confesable –sentenció. Y lo dijo de un modo tan solemne que volvió a sacarles una sonrisa a todos.

«Desde luego, Maruchi es una mujer extraordinaria», pensó Alicia. «Está llena de vitalidad y optimismo pese a lo que le ha tocado sufrir».

Regresaron a casa, agotados, para encontrarse con que ahora tenían un problema de logística. No tenían suficientes camas.

—Da igual, por una noche dormiré con mi madre. Aunque estemos apretados solo serán unas horas y bastante haces tú, Pablo, durmiendo en el sofá.

—A ti lo de estar apretado no te importaría, primo –susurró sin que los demás les oyeran–, si fuera al lado de otra.

–Eso se acabó.
–Eso ya lo veremos.
–Me gustaría que no lo estuviera, pero las circunstancias son las que son. Ella está aquí y yo allí.
Pablo se cogió la barbilla, pensativo.
–Esta noche estáis aquí los dos.
Felipe lo miró, comprendiendo al instante lo que quería decir y no pudo evitar plantearse si aquello siquiera era una posibilidad.
«Una noche juntos, una última noche juntos».

Bien entrada la noche y, cuando estuvo convencido de que su madre no se iba a despertar, salió del cuarto a hurtadillas. Cruzó el salón sin hacer ruido y, con delicadeza, giró el pomo de la puerta del cuarto de Alicia.
Entró sigiloso, pero por lo visto ella no estaba dormida, porque se giró hacia él, le iluminó con el móvil y le preguntó:
–¿Qué haces aquí?
–¿Tú qué crees? –El brillo de sus ojos, lo delataba.
Se acercó y se sentó en el borde de la cama.
–No, Felipe –replicó, tajante.
–¿Por qué no?
Alicia se había incorporado y estaba sentada sobre la cama. Él se acercó un poco más a ella y la cogió de la mano.
–¿No te parece que ya nos hemos hecho bastante daño?
–Lo que me hace daño es tenerte cerca y no poder tocarte –le besó los nudillos–, no poder besarte, no poder tenerte.
Alicia agachó la mirada.

–Hace meses que lo nuestro terminó, Felipe, esto solo lo haría más complicado.

–¿Qué puede ser más complicado que seguir queriéndote y saber que nunca volveré a estar contigo? –se lamentó.

–Fuiste tú el que lo rompió todo… –La voz de Alicia se apagó. Sabía que Felipe se había portado mal con ella, pero ahora que entendía por todo lo que él había pasado, tampoco podía echarle la culpa.

–¿Acaso crees que hubiéramos soportado llevar esta relación a distancia? –La sujetó por las muñecas y le dio un suave beso en los labios.

Alicia no respondió. Una relación a distancia durante un tiempo era algo complicado, pero podía superarse. En cambio, una de por vida era imposible, pues nunca hubieran podido formar un proyecto en común.

–Te perdí una vez hace diez años. Era un imbécil, creí que esto –movió la cabeza, refiriéndose a lo que los rodeaba, al trabajo de intérprete, a la vida en Bruselas–, era más importante que tú. Me equivocaba.

Entreabrió los labios y la besó de nuevo, esta vez con más pasión.

–Si algo he aprendido en este tiempo es a cambiar mis prioridades. Para mí, triunfar y ser el mejor lo era todo; hasta que me caí de la cima en la que me encontraba. La familia, los amigos –posó los ojos en ella–, el amor… son cosas mucho más importantes.

Alicia tragó saliva. Entendía lo que decía. Entendía por lo que él había pasado. Pero ella no quería renunciar a su sueño. ¿Estaba siendo egoísta? ¿O estaba en su derecho?

–Probablemente hubiéramos tardado mucho tiempo en volver a vernos, Ali, pero si mi madre ha venido hasta aquí en su situación es porque sabe lo que siento por ti y cómo lo he pasado. Esta vez no pienso desaprovechar mi oportunidad. No voy a defraudarla.

Con delicadeza, tumbó a Alicia sobre la cama y, sin soltarle las muñecas, las colocó por encima de su cabeza y se inclinó sobre ella.

–¿Tan importante es? ¿Tanto como para mandarlo todo a la mierda?

Felipe se inclinó para besarla de nuevo, pero ella apartó la cara.

–Joder, Ali, no. No me hagas esto.

–No... no puedo renunciar, Felipe.

–¿Es que lo nuestro no significa nada?

Una lágrima le cayó por la mejilla. Sí, significaba. Significaba más que nada en el mundo, pero ¿qué pasaría si lo dejaba todo por él? ¿Y si luego se arrepentía? ¿Y si él dejaba de quererla? ¿Y si su relación se estropeaba porque ella le culpaba de haber renunciado a todo lo que ahora tenía?

–¿Por qué, Ali, por qué?

Ella negó con la cabeza, incapaz de hablar. Las dudas se agolpaban en ella y le impedían pensar con claridad. Él ya le había roto el corazón una vez, podía volver a hacerlo y entonces lo habría perdido todo.

No estaba dispuesta.

–Lo siento. –Su voz fue apenas un murmullo.

–No, soy yo el que lo siente.

Felipe la soltó y empezó a incorporarse.

–No te vayas –le rogó. Puede que no fuera a dejarlo todo por él, pero quería tenerlo cerca de ella una vez más–. Solo esta noche.

Estas palabras fueron suficientes para que Felipe volviera a sujetarla y se abalanzara sobre ella. Ya no podía soportarlo. La necesitaba. Necesitaba sentirla cerca. Necesitaba sentir que eran uno.

La besó con rabia, enfadado, y ella le respondió del mismo modo. Los dos estaban furiosos. Consigo mismos. El uno con el otro. Con la situación.

Felipe la sujetaba con fuerza, tumbado encima de ella, inmovilizándola con su peso.

–Joder, Ali.

Le metió la mano por la camiseta de manga corta del pijama y le acarició el pecho, primero con delicadeza y luego con más fuerza, pellizcándole los pezones.

Debajo de él, Alicia se retorcía, agotada.

–Felipe...

–Esto era lo que querías cuando me has pedido que no me fuera, ¿verdad? –le preguntó con voz ronca.

A modo de respuesta, enroscó las piernas alrededor de su cintura para atraerlo todavía más hacia ella si es que eso era posible. Las manos de Alicia se enredaron en el cabello de Felipe.

Permanecieron así un buen rato, besándose y acariciándose como dos adolescentes.

Alicia tenía ya las mejillas irritadas del roce de su barba y estaba tan excitada que sentía que iba a explotar.

–Felipe, para.

–¿Ya no puedes soportarlo?

Negó con la cabeza.

–Yo tampoco.

La soltó y se separó un poco de ella. Estaba tan bonita. Con el pelo revuelto. La mirada perdida de cuando no llevaba ni gafas ni lentillas. Las mejillas ardiendo por el calor y el roce de su perilla. Y los labios hinchados de los interminables besos.

Cogió la camiseta y, sin decirle nada, ella levantó los brazos, dejando que él se la quitase mostrando sus pechos al descubierto. Felipe se inclinó sobre ellos y los besó y los mordió hasta que ella echó hacia atrás la cabeza y gimió.

Felipe acalló los gemidos con otro beso, al tiempo que metía una mano por dentro del pantalón y empezaba a acariciarla en sus partes más íntimas. Primero con movimientos circulares lentos, que se fueron acelerando con la misma intensidad que sus besos.

Sin apartar sus dedos de ella, se quitó la camiseta blanca de algodón que llevaba en un hábil gesto.

El mero hecho de sentir la piel de Felipe contra la suya hizo que aquello se volviera insoportable para Alicia. Aquello no era suficiente. Quería más y lo quería ahora.

—Ya no puedo aguantar más...

—Yo tampoco...

Felipe se sentó sobre la cama y se quitó el pantalón del pijama, dejando a la vista lo que ella le había provocado.

Sin pensárselo un momento, se arrodilló sobre la cama, se acercó a ella y, abriéndole las piernas, la penetró. Alicia estaba tumbada y él la sujetó por la cintura para acercar sus cuerpos.

Se movían al unísono sin despegar la mirada el uno del otro. A Felipe le excitaba la forma en que Alicia le miraba. Sabía que le miraba, pero no le veía bien y ese aire perdido de sus ojos le volvía loco.

Felipe se inclinó sobre ella para poder besarla y tocarla. Si era la última vez que iban a estar juntos no pensaba desperdiciar ninguna de sus caricias.

Sus besos y sus jadeos se entremezclaron en una

serie de movimientos cada vez más acelerados que los fueron acercando a la cima hasta que ambos se dejaron ir, estallando en una espiral de placer.

Felipe permaneció tumbado sobre Alicia, mirándola con sus ojos negros y acariciándole el pelo. No quería separarse de ella.

Alicia casi no podía sostenerle la mirada. Lo tenía a menos de un palmo y podía verlo con claridad. Miró a su alrededor: lo veía todo borroso a excepción de él.

¿Y si él era lo único que importaba?

–Vuelve conmigo, Ali, no lo tires todo por la borda –le suplicó mientras le daba suaves besos en la nariz.

–¿Tirarlo todo por la borda? –respondió, enfadándose de pronto.

–Ali, cálmate.

Ella lo empujó, para que se separaran y se dio la vuelta en la cama.

–No voy a renunciar a todo por ti, Felipe –susurró–. Eso sí que sería tirar mi vida por la borda.

Él se puso de pie y empezó a vestirse.

–¿Esa es tu última palabra?

Alicia no respondió. No podía. No le salía la voz.

–Entiendo que eso es un sí –replicó Felipe, molesto, mientras se dirigía a la puerta–. Esto se acabó, Alicia. Espero que seas feliz.

¡Pues claro que iba a ser feliz! Tenía lo que siempre había deseado, iba a triunfar en su profesión y sería la gran intérprete que siempre había soñado.

Felipe salió cabizbajo de la habitación. Era inútil. Alicia era igual que él hacía diez años. La vida le había pagado con la misma moneda.

Él la había apartado de su lado y ahora ella hacía lo mismo.

En el fondo se lo merecía.

A la mañana siguiente Alicia escuchó como Felipe y su madre se levantaban y se preparaban para marcharse. Sabía que era de mala educación, especialmente para con Maruchi, no despedirse, pero no se sentía capaz.

La única manera que tenía para mantenerse firme en su decisión era no volver a ver a Felipe, porque si lo veía volvería a caer.

Fingiría que seguía dormida. A fin de cuentas, con la noche que habían pasado ella y Felipe, resultaba perfectamente creíble que siguiera durmiendo.

Hasta que no tuviera la certeza de que se habían marchado no saldría de su habitación.

Había tomado una decisión y ya no había marcha atrás.

Cuando escuchó el sonido de la puerta y el cese de las conversaciones, supo que Pablo se había ido con ellos para llevarlos al aeropuerto. Supuso que Emmanuellë y Stavros dormirían aun. Como ellos sí madrugaban entre semana les gustaba remolonear el fin de semana.

Mejor. Así se tomaría el café tranquilamente y aclararía sus ideas.

Para su –desagradable– sorpresa, cuando entró en la cocina se encontró a Stavros que estaba haciendo café.

Le sonrió.

–¿Estabas escondida?

–¿Escondida? ¿De quién? –murmuró haciéndose la loca.

—De tu ex y su madre, claro está. –Rio.

—No –mintió–, por cierto, ¿dónde están?

Señaló la puerta principal con la cabeza.

—Se han marchado, pero creo que eso tú ya lo sabías.

La cara de Alicia era todo un poema. Era cierto, pero no tenía por qué admitirlo delante del griego.

—Estaba dormida, no me he enterado de que se marchaban.

Él enarcó las cejas.

—¡Te digo que no sabía que ya se habían marchado, Stavros!

—Tal vez anoche quedaste tan agotada que por eso no los has oído salir.

¡Mierda! ¿Los habrían escuchado todos? ¿También Maruchi? Se tapó la cara con las manos, avergonzada.

Stavros se acercó a ella con dos tazas humeantes de café en la mano y las colocó sobre la mesa.

—Tranquila, fuisteis bastante discretos, pero ya sabes que mi habitación es la de al lado de la tuya y las paredes no son precisamente gruesas.

Se giró para coger la leche que se había quedado en la encimera y el azúcar moreno. Pablo insistía en que el azúcar refinado y los edulcorantes eran veneno, así que se negaba a comprarlos.

Alicia dio un pequeño sorbo. No tenía ningunas ganas de mantener esa conversación con Stavros.

—Pablo ya nos había advertido.

¿Cómo? Lo miró extrañada.

—Sí –explicó mientras se bebía su café–, antes de que llegases nos contó que eras la novia, bueno, la exnovia de Felipe y nos dijo que nos mantuviéramos alejados de ti.

Alicia no entendía nada.

–¿Cómo que os mantuvierais alejados de mí? –Aquello empezaba a no gustarle.

–Bueno, no nosotros, nuestras manos, en realidad –dijo mostrándole sus palmas–, y nos hemos comportado como dos caballeros.

–Bueno, bueno, caballeros –bromeó Alicia. Stavros había coqueteado con ella desde el minuto cero, pero era cierto que no había pasado de ahí. ¿Era por la advertencia de Pablo o porque realmente no estaba interesado en ella?

–En cualquier caso, me alegro.

Terminó de beberse el café y dejó la taza sobre la pila antes de dirigirse a la puerta.

–¿Por qué te alegras?

–No soy de esos tíos a los que les gusta acostarse con alguien que sigue enamorada de su ex.

Y, con esas palabras, Stavros desapareció. Salió de la cocina y se metió en su cuarto, se arregló y salió de casa. Emmanuellë seguía durmiendo. Y, esta vez, Alicia sí que se quedó sola con sus pensamientos.

¿Seguía enamorada de Felipe? Suspiró, llevaba enamorada de Felipe desde que lo había visto por primera vez, pero había sido capaz de vivir sin él y volvería a hacerlo.

Lo suyo era imposible.

Cogió la taza, todavía llena, y regresó a su dormitorio. La dejó en el suelo, encendió la radio y se sentó con las piernas cruzadas sobre la cama en la que se había entregado a Felipe la noche anterior.

La música de la Oreja de Van Gogh empezó a sonar.

Me callo porque es más cómodo engañarse.
Me callo porque ha ganado la razón al corazón.

Pero pase lo que pase,
Aunque otro me acompañé,
En silencio te querré tan solo a ti.

Las lágrimas le caían por la cara en un llanto descontrolado. Se tumbó y dejó que todos sus sentimientos afloraran de una vez a la superficie. Al decirle a Felipe que no quería abandonar su sueño, había hecho exactamente lo mismo que él la noche de la graduación.

Y sí, había elegido con la cabeza y no con el corazón, pero estaba harta de equivocarse y siempre salía dañada cuando era su órgano vital el que la guiaba.

La voz de Amaia Montero ocultaba el sonido de sus sollozos a Emmanuellë, que acababa de despertarse.

En silencio te querré,
En silencio te amaré,
En silencio pensaré tan solo en ti.

No podía haber más verdad en aquellas palabras, siempre pensaría en él.

A unos cuantos kilómetros de distancia, a bordo de un avión, una madre le ponía la mano sobre el muslo a su hijo en un tranquilizador gesto. Felipe apenas había hablado desde que se habían subido al coche con Pablo y en el aeropuerto solo lo había hecho cuando había sido estrictamente necesario. Se giró hacia su madre y la miró con cariño, pero también había un rastro de tristeza en sus ojos.

–Al menos lo hemos intentado –dijo Maruchi.

Felipe asintió, lo habían intentado, pero no había servido de nada. Alicia no iba a volver a Valencia con él y él no podía venirse con ella a Bélgica.

Esta vez iba a tener que reconstruir los pedazos rotos de su corazón y a olvidarla de verdad. Siempre pensaría en ella, pero debía seguir con su camino, exactamente igual que iba a hacer Alicia.

CAPÍTULO 27

Show must go on

Felipe abandonó la interpretación simultánea, al menos de forma temporal. No le apetecía compartir con nadie el espacio que, durante unos pocos meses, había sido tan especial para Alicia y él. No soportaba ver a otra persona sentada a su lado. Le entraban náuseas solo de pensar en ella y ver a otro en su lugar.

Se dedicó a la interpretación consecutiva, pues ahí podía trabajar solo. Movió sus hilos y, como tenía buena fama dentro del mundillo, empezó a encontrar trabajo enseguida. Sobre todo, hacía de intérprete en reuniones o comidas de negocios en las que venían clientes extranjeros, pero también empezó a ejercer como mediador intercultural e intérprete en hospitales.

Se apuntó a un curso sobre mediación y descubrió que ayudar a personas con dificultades que venían de otros países le hacía sentirse bien. Él tenía una madre enferma, así que podía imaginarse lo que hubiera sido que la hubieran tenido que atender en un país extranjero en el que no entendiesen su idioma y sin que tuvieran medios como para contratar ellos mismos un intérprete.

De pronto, se sentía más realizado que nunca y, cada día que acudía a un centro de salud a interpretar, volvía a casa sintiéndose mejor persona.

Además, de forma esporádica, empezó a interpretar en las ruedas de prensa del Valencia C. F. cuando ficharon a un par de jugadores extranjeros y también para algún actor que, en momentos puntuales (que no eran muchos en su ciudad), acudía para algún evento o estreno. Esa era la clase de trabajo que antes satisfacía su ego, pero ahora, sencillamente, era el trabajo que más le disgustaba de cuantos hacía.

Sabía que su madre estaba algo tristona por el hecho de que no hubiera podido recuperar a Alicia. Ella había pensado que con un gran gesto, como en las películas, volvería con él.

Bueno, tampoco es que él hubiera hecho ninguna gran hazaña por ella. Era su madre quién, con todas sus dificultades, se había envalentonado y había cogido un avión para que él la recuperase. ¡Era una gran mujer!

Las cosas no habían salido como ella esperaba, pero había hecho todo lo posible. Jugándose su salud, había intentado propiciar la situación para que ellos se reconciliaran. El problema es que eso no iba a suceder. Alicia no iba a renunciar por él y él no podía pedirle que lo hiciera, aunque fuese la cosa qué más deseaba en este mundo.

Con todo, de aquella experiencia madre e hijo sacaron algo bueno y es que Felipe se percató de que tener a su madre atada a su vida en Valencia tampoco le hacía ningún bien. Salir y ver el mundo, hablar con gente diferente... lo había visto en su cara. El día que habían pasado en Bruselas su madre había sido feliz.

Cuando había sido más joven y la salud no había sido un impedimento, Maruchi tenía un hijo del que ocuparse, trabajo, un marido y poco dinero. Apenas había podido viajar. Ahora, en realidad, ¿quién lo impedía? Tal vez eran ellos mismos los que se ponían los límites.

Felipe se dijo que una vez al año sacaría a su madre de España y la llevaría a visitar algún lugar especial. Al menos, mientras la enfermedad estuviera a raya.

«Esto sí que lo hubiera querido mi padre», se dijo satisfecho por su decisión.

Alicia se mantuvo firme en su decisión. Se centró en lo que la había traído a Bruselas: la interpretación. Bruselas solo era un alto en su camino, un primer objetivo de cara a llegar al último: la ONU.

Trabajaba con ahínco, esforzándose por ser mejor, por no dejar que los nervios la controlaran y por ser más profesional. Se pasaba las tardes preparándose dossiers sobre el vocabulario y los temas a tratar en el Parlamento. Se apuntó a francés. Aunque era el segundo idioma que había cursado en la carrera, nunca había conseguido hablarlo al mismo nivel que el inglés, pero si quería entrar algún día en la Organización de las Naciones Unidas tenía que estar preparada y qué mejor que una ciudad francófona como Bruselas para practicarlo.

El trabajo se convirtió en su religión y solo en un pequeño rincón de su corazón añoraba a Felipe. Había una voz en su interior que se preguntaba qué habría sucedido si le hubiera dicho que sí y lo hubiera dejado todo para volver con él.

¿Habría sido una infeliz como ella pensaba o sería al contrario?

Poco importaba, había tomado una decisión y nunca sabría lo que habría pasado de haber tomado otra. Quizás le vendría bien hablar con Marisa. Ella había elegido quedarse en Valencia, ¿cómo se sentía?

Le mandó un mensaje y le pidió que la llamase por Facetime cuando la pequeña le dejara un momento.

Dos minutos más tarde le sonaba el móvil. Se conectó y se alegró al ver la cara de su amiga.

–¡Marisa!

–¡Señora intérprete! ¡Qué difícil es hablar contigo! –la riñó su amiga.

Era cierto, pero como no había querido confesarles ni a ella ni a Lidia que Felipe había estado allí había preferido no dar señales de vida.

–Lo siento –se disculpó–. ¿Cómo está la peque?

–Cada día más mayor y más espabilada. ¡Me trae loca! Pero estoy contenta.

Lo cierto es que lo parecía. Pocas veces había visto a su amiga sonreír de esa manera. Cuando hablaba de mini Marisa se le caía la baba.

–¿Dónde está? Me gustaría verla.

–Su padre se la ha llevado a dar un paseo y al parque, creo.

–Ah.

–Pero, cuéntame, ¿y tú? ¿Cómo es la vida en Bruselas?

Alicia le habló del trabajo, de sus nuevos compañeros de piso y de lo realizada que se sentía, pero todo sonaba falso y poco sincero y, Marisa, que no tenía pelos en la lengua la interrumpió.

–Lo siento, Ali, pero a mí no me parece que sea todo tan estupendo y maravilloso como me estás queriendo vender. Se te ve triste.

–Qué va. Estoy encantada.

Tendría que haber contactado con ella sin hacer videollamada. Sabía que estaba a punto de ponerse a llorar y no quería que la viera. Había sido oír a Marisa y de pronto había sentido añoranza de todo.

–A mí no me engañas. Te conozco muy bien. Y conozco esa carita tuya. Es la misma que tenías los días después de la graduación.

¡Joder! Era lista. Marisa había querido ser intérprete, pero si hubiera querido habría podido ser del CNI. Era intuitiva y no dejaba pasar una. Sabía que se estaba refiriendo a Felipe.

–Lo que no entiendo –continuó–, es que te entristezcas ahora por él. Hace ya unos meses que te marchaste y unos cuantos más que rompisteis. ¿Qué es lo que me he perdido?

Alicia suspiró. Iba a tener que contárselo todo.

–No sé si te acuerdas de que vivo con Pablo, el primo de Felipe.

–Sí.

–Bueno, pues hace unos días apareció aquí su tía Maruchi. Que no es otra que la madre de Felipe.

–¿Qué me dices?

–Lo que oyes. Pero eso no es lo peor, Marisa. ¿Tú sabías que estaba enferma?

Marisa tanteó cómo responder. No quería que Alicia se cabreara.

–Felipe nunca me lo dijo, pero era raro que un tipo como él viviera con su madre y pasara tanto tiempo con ella. Cuando te marchaste, le pregunté que por qué te había dejado escapar, que por qué no había intentado él también sacarse una plaza.

»Le dije que yo tenía un motivo por el que quedarme y le pregunté si él también lo tenía y, entonces, lo admitió. Lo siento, tal vez debiera habértelo dicho, pero ya te habías marchado y pensé que solo serviría para empeorarlo todo.

—Tranquila, hiciste bien. Tenía que ser él quien me lo contara.

—De todas formas, ¿cómo se plantó su madre en Bruselas sola?

Alicia sonrió al recordarla. Era digna de admiración.

—Llegó ella solita hasta allí. Cambió la furgoneta del centro de día por un taxi y utilizó los servicios de acompañamiento del aeropuerto. ¡Vino a Bruselas para pedirme que le diera una oportunidad a su hijo! ¿No es increíble?

Marisa asintió. En verdad lo era.

—¿Le diste esa oportunidad?

Alicia agachó la cabeza. ¿Se la había dado?

—Hablamos mucho, de todas las cosas que se habían interpuesto entre nosotros y también…

—¡No me jodas que os acostasteis!

—Sí.

—Y ¿luego qué?

—Me pidió que me viniera con él.

—Como en mis libros —replicó Marisa soñadora.

—Sí, pero yo no podía dejarlo todo.

—¿Por qué no?

—Porque, porque… —Qué difícil resultaba responder a esa pregunta—. ¡Porque es lo que siempre he querido!

—¿Tan importante es? —Marisa le hacía la misma pregunta que le había hecho él días atrás y Lidia hacía tiempo.

–¡Qué tú hayas renunciado a tus sueños no significa que los demás tengamos que renunciar a los nuestros! –le espetó, furiosa.

–No la tomes conmigo, Alicia. Yo estoy muy satisfecha con la decisión que he tomado, ¿acaso puedes decir tú lo mismo?

–Esto no es una de esas novelitas románticas que ahora traduces.

–No lo es porque no te da la real gana. Y un poco de respeto por la novela romántica, ¡he traducido algunas historias magníficas y me siento muy orgullosa de ello!

–¡Bien!

–¡Bien!

Las dos amigas se quedaron en silencio. Se oyó el sonido de una puerta de fondo.

–Han vuelto Santi y Marisa. He de dejarte.

–De acuerdo.

Alicia tiró el móvil sobre la cama, furiosa. Todo el mundo quería hacerle ver que había tomado una decisión incorrecta, pero no era así.

Había elegido su camino y debía seguirlo. *Show must go on*.

CAPÍTULO 28

UN FINAL DE PELÍCULA

El verano llegó y, con él, Alicia volvió a casa, al menos por un tiempo. Había alquilado su loft, así que, después de hablar con Lidia, decidió que se quedaría un par de días con ella y luego se iría a pasar una semana con sus padres al apartamento de la playa. Hacía mucho que no los veía.

También había echado de menos a Lidia.

—Hoy no saldremos, pediremos comida a domicilio y beberemos. ¿Quieres que venga Marisa? Le sentaría bien salir, entre el trabajo y la cría está siempre encerrada. —Era la primera noche en su casa, así que decidió no abrumarla con las fiestas nocturnas tan pronto.

—Prefiero que hoy estemos solas. Como en los viejos tiempos. —En parte era verdad y, en parte no tenía ganas de ver a su antigua compañera. Apenas habían hablado desde su discusión y no tenía ganas de enfrentarse a ella. Cuando Marisa hablaba no había opción a replica y siempre quería tener la razón.

—Está bien. ¿Qué pedimos?
—¿Sushi?
—Y una botellita de vinito blanco.
—¡Eso que no falte!

Quince minutos más tarde llamaban a la puerta. Lidia cogió su cartera y se acercó a abrir.

—¡Esto corre de mi cuenta!

Le pagó al chico y regresó al salón. Las dos amigas se sentaron en el suelo y colocaron el sushi sobre la mesita de café.

—Parecemos dos japonesas –dijo Lidia.

Alicia la notaba muy alegre y la miró, suspicaz. No es que su amiga fuera exactamente una tacaña, pero acostumbraban a pagar siempre a medias.

—¿Estamos celebrando algo? –inquirió.

Una sonrisa soñadora apareció en su rostro. Cogió la botella de vino, la descorchó y sirvió dos copas.

—¿Hay algo que no me hayas contado?
—Sabes que hace mucho que no estoy satisfecha con mi vida. No tengo pareja, no me gusta mi trabajo y, si no hubiera sido por ti, apenas tendría amigos.

Alicia quiso interrumpirla y negar esa última afirmación.

—Es cierto, Ali. Jesús, Marisa y Santi son ahora pilares importantes de mi vida y, de no haber intercedido tú, probablemente nunca se hubieran convertido en mis amigos. Cuando te marchaste me di cuenta de lo sola que estaba.

—¿Qué me quieres decir, Lidia? ¿Qué es lo que celebramos exactamente?

—He dejado el trabajo. Tengo suficiente dinero ahorrado y he decidido tomarme un año sabático. Voy a dar la vuelta al mundo.

–¿¿Cómo?? –Alicia se atragantó con el trozo de sushi que acababa de meterse en la boca.

–Me he comprado uno de esos billetes que ofrecen las compañías aéreas y he marcado mi itinerario. Quiero conocer los cinco continentes. He diseñado una ruta y luego puedo ir variando las fechas en las que cogeré los siguientes vuelos. Voy a encontrarme a mí misma.

–¿Lo dices en serio, Lidia?

–Totalmente –dijo con la boca llena–. Soy la única que no sabe lo que quiere en la vida y ya soy mayorcita.

–¿A qué te refieres?

Lidia dio un largo trago a su copa de vino.

–Mi vida no puede reducirse a trabajar en una agencia y a acostarme con hombres por los que no siento nada.

Alicia la comprendía, pero eso de que los demás sabían lo que querían en la vida...

–Piénsalo: Marisa ha elegido la maternidad, ahora es feliz con su bebé y trabajando como traductora literaria, Santi siempre ha sabido que quería ser pediatra y formar una familia, Jesús es traductor audiovisual y disfruta siendo libre, tú has cumplido tu sueño y trabajas como intérprete en la Unión Europea; pero, ¿y yo? ¿Qué es lo que quiero yo?

Se quedaron un momento en silencio, cada una reflexionando sobre su vida.

–Bebamos –dijo Lidia levantando la copa para que su amiga le sirviera más vino. Siempre se sentía incómoda cuando se ponían sentimentales.

–Sí, bebamos.

Tras una pequeña pausa, Lidia no pudo resistirse a hacer la pregunta que llevaba meses en su cabeza.

—Porque, tú estás segura de lo que quieres, ¿verdad?
—¡Por supuesto!
—Y yo que siempre creí que tú eras la más romántica de las tres… ¡resulta que al final ha sido Marisa!
—Sí, qué irónico. –Las dos rieron, ya se habían bebido más de media botella y cualquier cosa les sacaba una carcajada.

Como si hubiera sabido que hablaban de ella, el móvil de Alicia se encendió y en su pantalla apareció un mensaje de Marisa. El teléfono de Lidia vibró y se iluminó con el mismo mensaje.

—Nuestra querida amiga nos invita a la inauguración de una película que estrenan mañana. Al parecer le han regalado tres invitaciones y quiere una noche de chicas: ¡sin marido ni hija!

—Dile que sí –aceptó, antes o después tendría que normalizar su situación con ella y cuanto antes hicieran las paces mejor.

Al día siguiente, las dos se arreglaron para el estreno que se iba a presentar en el Hemisfèric. El moderno edificio diseñado por Calatrava tenía una pantalla cóncava en la que se solían proyectar películas digitales en 3D y cine IMAX. Además, el entorno de la Cuidad de las Artes y las Ciencias era ideal para el estreno de un film.

De hecho, no hacía mucho el mismísimo George Clooney había estrenado allí *Tomorrowland*, llegando incluso a sacar de la cabina al intérprete que le había traducido al español para que recibiera la ovación del público por el gran trabajo que había hecho. El video había corrido como la pólvora por internet.

Era uno de los sitios más espectaculares de la ciudad y, después de aquello, estaba de moda.

Alicia no tenía muchas ganas de salir hecha un pincel, pero como siempre que estaba al lado de su amiga, resultaba complicado escapar de sus garras.

—Está bien, está bien —le advirtió, parándola con las manos—. Voy a esmerarme, pero deja que lo haga a mi manera. Nada de ponerme uno de esos vestidos-cinturón tuyos. Se supone que la gente tiene que mirar a los actores protagonistas, no tengo ganas de ser el centro de las miradas porque se me vean las bragas.

—¡Mira que eres exagerada!

A pesar de que era un estreno, no había que ir de largo, no era una de esas alfombras rojas en las que todo el mundo iba de gala.

Alicia se puso un vestido blanco corto, unas sandalias de cuña y cogió una sencilla cartera de mano de estilo hippy muy colorida. Se planchó el pelo y se maquilló para recibir la aprobación de su amiga.

Pasaron a recoger a Marisa que, para su sorpresa, no parecía enfadada con ella. Como no tenía ganas de discutir, decidió que lo mejor sería no recordar su última conversación. Si Marisa lo había olvidado, ella también podía hacerlo.

Dejaron el coche en el aparcamiento y pasearon hasta el edificio. Había bastante prensa porque los actores protagonistas habían venido para el estreno, pues iban a dar una pequeña rueda de prensa.

Habían colocado una pequeña tarima frente a la pantalla con unas mesas con micrófonos y agua donde se sentarían los actores.

Las tres se sentaron en la fila que les correspondía y hablaron en voz baja.

–¿Cómo has conseguido estas entradas, Marisa? –preguntó Alicia.

–Oh, no ha sido nada. Me las dio Jesús, él ha traducido la película. Es un gran plan para volver a juntarnos las tres, ¿no crees?

–Sí, la verdad es que ha sido buena idea.

Poco a poco la sala se fue llenando de gente y, cuando todas las filas estuvieron llenas, apagaron las luces y proyectaron el tráiler. Era una película distópica y, los actores, aunque habían adquirido bastante fama desde el estreno en EE. UU. eran desconocidos para ella.

A los dos minutos, cuando terminó, las luces se encendieron de nuevo y los actores subieron al escenario acompañados de una tercera persona.

–Sí, hombre –dijo para sí–. Esto es cosa tuya, ¿verdad Marisa?

Su amiga la miró con expresión de inocencia.

–¿A qué te refieres? –preguntó como si no supiera de qué iba.

–Venga, no me jodas. Por eso me habéis traído a ver la dichosa película y habéis insistido en que me arreglase.

–Ali, yo siempre te machaco para que te arregles.

–¡No me fastidies, Lidia! Me apostaría lo que fuera a que tú también estabas en el ajo, ¿o no? Como ahora sois tan amiguitas –refunfuñó.

–Mira, Alicia, Valencia no es tan grande. Además, si Jesús ha traducido la película no es raro que le haya pasado a la productora el contacto de su amigo intérprete.

–No me trago que no lo supierais. No sois ningunos angelitos.

Marisa levantó el mentón y la miró, ofendida.

–Piensa lo que quieras.

–Os aviso desde ya que esto no cambia las cosas.

«Si la visita a Bruselas no las cambió, no sé qué podría hacerlo».

Los actores presentaron con brevedad la película y Felipe realizó una magnífica interpretación de lo que ambos decían. Llevaba una sencilla camisa rosa claro que, al estar ya moreno, le favorecía todavía más.

Salvo por el hecho de que era el único que estaba hablando en español, cualquiera podría haber pensado que formaba parte del elenco. Charlaron lo que a ella le pareció una eternidad y luego los tres se levantaron y fueron a sentarse a los lugares que tenían asignados antes de que empezase la proyección.

Cuando terminase, darían una rueda de prensa para responder a las preguntas de los periodistas.

Alicia se hundió en su asiento. Podía escuchar como cuchicheaban Marisa y Lidia, pero no tenía ninguna intención de hablar con ellas. No sabía qué era lo que pretendían ni qué más habían planeado, pero desde luego no estaba nada contenta.

Trató de concentrarse en la película, pero la trama le pareció pesada y complicada, tal vez porque su concentración estaba en otra parte.

Buscó a Felipe con la mirada, pero la sala estaba oscura y plagada de gente y no lo encontró.

¿Qué pretendían aquellas dos? Estaba claro que Maruchi no era la única celestina del mundo, pero ellas deberían conocerla lo suficiente como para saber que ver a Felipe no cambiaba nada.

La hora y media de duración de la película se le hizo eterna y empezó a ponerse nerviosa. Sentía que le sudaban las manos y que el corazón le iba a mil por hora, como si se hubiera alimentado a base de cafés, cuando aquel día no se había tomado ni uno solo. Se revolvió inquieta en el asiento. Ya no sabía cómo sentarse.

–Shhh, para. ¿Es qué no puedes tranquilizarte? –le preguntó Marisa.

–¿Están tranquilas las vacas cuando saben que las llevan al matadero?

–Tú no vas a ningún matadero.

–Y eso, ¿cómo he de saberlo? Eres peor que Maquiavelo. ¿Es esto un castigo por lo que te dije por teléfono?

–No entiendes nada, puede que Lidia y yo hayamos tenido algo que ver en esto, pero créeme que no es ningún castigo.

Alicia resopló y trató de calmarse.

Antes de que se dieran cuenta, la película llegó a su fin, las luces se encendieron de nuevo y los actores, con Felipe a sus espaldas subieron al escenario. La prensa acreditada comenzó con las preguntas.

Alicia apenas se enteró de lo que decían. Estaba absorta contemplando a Felipe. Lo veía mover los labios, pero no lo escuchaba. Lo había echado tanto de menos.

En un momento dado, él se dirigió al público asistente.

–Me comentan que si algún invitado, aunque no sea periodista, desea hacer una pregunta, es libre de hacerlo.

Un par de personas (chicas jovencitas) levantaron la mano y formularon preguntas para el actor protagonista y luego algunas cuantas personas más le preguntaron a la actriz.

Parecía que la rueda de prensa estaba terminando y Alicia empezó a sentir náuseas. Estaba segura de que sus amigas le iban a hacer hablar con Felipe. ¿Qué iba a decirle? ¿Qué le diría él a ella?

—¿Alguien quiere hacer una última pregunta?

A su lado, Lidia pegó un brinco y levantó la mano.

—¿Qué haces? —siseó Alicia tirándole del brazo.

Pero ella se apartó y la ignoró. Cogió el micrófono que le pasó una de las azafatas que atendían el evento y se dirigió a Felipe.

—Mi pregunta va dirigida al traductor.

—Intérprete —la increpó Marisa—, se dice intérprete.

Tragó saliva antes de continuar hablando.

—Eso, sí, al intérprete. En primer lugar quiero darle la enhorabuena por su magnífico trabajo...

—Muchas gracias.

—En segundo lugar, quería saber si volveremos a verle interpretando —se giró hacia Marisa para que viera que lo había dicho correctamente— en algún otro evento de la ciudad.

Un murmullo recorrió la sala. ¿A santo de qué le estaban preguntando eso? ¿Qué les importaba a ellos la vida del intérprete? No entendían nada.

Los actores se miraron entre sí, confusos, sin saber el motivo de tanto alboroto.

Ella, en cambio, lo comprendía todo muy bien. Aquello parecía sacado de *Notting Hill*, lo que no tenía claro era cómo iba a terminar.

—Lo cierto es que no. Me traslado próximamente a Bruselas con mi familia.

Alicia se llevó las manos a la boca para ahogar un grito. ¿Se iba a Bruselas con su madre? ¿Por ella? Porque, ¿a qué se refería con familia? ¿Es que acaso estaba con otra?

Felipe se giró hacia el actor principal y le susurró algo al oído que hizo que asintiera con la cabeza al tiempo que esbozaba una sonrisa.

Se dirigió de nuevo a los asistentes:

—¿Alguien quiere hacer alguna pregunta más? Me dicen que todavía tenemos tiempo.

De pronto, todo en la vida pareció cobrar sentido para Alicia. Él la quería, la quería de verdad.

—Creo que la señorita que está a su lado tiene alguna pregunta —murmuró señalándola a ella.

Marisa y Lidia la miraron expectantes. Era su última oportunidad. Joder, ¿por qué tenía que ponerla en evidencia delante de todo el mundo? Sintió que se ponía colorada de pies a cabeza. Odiaba ser el centro de atención.

«Alicia, échale valor por una vez en la vida», se dijo a sí misma.

Se puso en pie y Lidia le tendió el micrófono.

—Buenas tardes —carraspeó—. Sí, yo también tengo una pregunta para el intérprete. —Esta última palabra la pronunció mirando a Lidia.

—¡Qué sí, que sí, que ya lo sé! —le replicó en voz baja su amiga.

—Quería preguntarle cuál es el motivo de que se marche a vivir a Bruselas.

Felipe cogió aire, iba a decir aquello delante de toda una sala llena de gente. Pero si Hugh Grant había podido hacer algo parecido, él también podía.

—El motivo eres tú.

El auditorio estalló en aplausos. Ahora sí que lo entendían. Aquello era toda una declaración de amor.

Alicia sintió que empezaba a faltarle el aire. Allí dentro hacía mucho calor. ¿Por qué veía borroso si llevaba las lentillas puestas? Mierda, se estaba mareando.

Iba a desplomarse delante de una sala llena de prensa. Iba a ser portada en los diarios, eso seguro.

Pero como muy sabiamente decía William Thaker: «Los periódicos de hoy llenarán los cubos de la basura de mañana».

Aunque para su desgracia, pensó antes de perder la conciencia, en Internet esa vergonzosa escena perduraría para siempre.

CAPÍTULO 29

Say I do

—¿No tienes un abanico? Hace mucho calor aquí.
—¿A santo de qué voy a llevar un abanico? ¡Eso es una horterada!
—Trae un poco de agua.
—¿Y si llamamos al SAMU?
—¿Qué tal si os apartáis un poco de ella? Tenéis que estar agobiándola. Además, me gustaría que estuviéramos solos cuando se despierte para poder terminar la conversación con algo de intimidad. —La voz de Felipe sobresalió por encima de las de sus amigas y Alicia, que acababa de despertar, dudó si abrir los ojos o no. No sabía cómo afrontar aquel momento.
—El numerito este fue idea tuya, ahora no vayas a echarnos las culpas a nosotras —le resopló Marisa—. ¿Tú sabes la condena que nos va a caer por haber sido cómplices de esto?
—¡De por vida! —exclamó Lidia.
—Exacto —se reafirmó Marisa—. Esto va a ser cadena perpetua.

—Venga, ¡marchaos ya! Estoy convencido de que puedo conseguiros la condicional.
—Te veo muy seguro, Felipe. Y ya la has cagado varias veces, ¿por qué no una vez más?
Él entornó los ojos.
—No me jodas, Marisa. Tú contribuiste a que mi primer encuentro con Alicia fuera un desastre, así que no me vengas ahora con esas.
Lidia tiró del brazo de Marisa para llevársela de allí y dejarlos solos.
—Suerte —murmuró.
Cuando todo hubo quedado en silencio y Alicia estuvo segura de que no había nadie más, abrió los ojos.
—Hola.
Felipe la miró, sorprendido.
—¿Llevas mucho rato despierta?
—El suficiente.
Se pasó la mano por la cabeza y luego por el brazo. Le dolían.
—Sí, te has dado un buen golpe. Me temo que te van a salir algunos moratones, pero no creo que tengas nada grave. —La ayudó a incorporarse y se sentaron en las butacas.
La sala, que antes había estado abarrotada, estaba ahora completamente vacía. Se llevó las manos a las mejillas, que todavía le ardían.
—Siento haberte avergonzado.
—No es eso... —musitó—. Lo que has hecho ha sido precioso. Es que, bueno, ya sabes que me cuesta no ponerme nerviosa cuando todas las miradas están sobre mí.
Él esbozó una ligera sonrisa.
—Sobre todo la tuya —dijo Alicia.
Felipe se inclinó sobre ella y la cogió de la mano.

Irremediablemente recordó su primera cita. En el cine. Sentía tantas ganas de volver a tenerla entre sus brazos como aquel día.

—¿En serio vas a venir a vivir a Bruselas?

Él asintió.

—Pero, ¿y tu madre?

—Se viene conmigo. ¿A quién si no has pensado que me refería cuando he dicho «familia»?

Alicia bajó la mirada. Por un momento había llegado incluso a ponerse en lo peor.

Felipe le cogió el mentón y la obligó a mirarle de nuevo.

—Solo hay dos mujeres importantes en mi vida, Ali, y no puedo defraudaros a ninguna. Creo que no hace falta que te explique de quién hablo, ¿verdad?

Alicia no podía responder. Tenía un nudo en la garganta y sentía que si abría la boca iba a terminar llorando como una boba.

—No puedo obligarte a renunciar a tus sueños. Pero tampoco yo pienso renunciar a los míos. Soy un buen hijo y no puedo abandonar a mi madre. Por fin he comprendido que no podemos dejarnos vencer por la enfermedad. —Cogió aire—. Si es ella quien toma decisiones por nosotros, habremos perdido la batalla.

—Tu madre es realmente increíble.

Felipe sonrió.

—Sí que lo es, sí. Real e increíblemente tozuda. Por lo visto, le encantas como nuera.

Los dos soltaron una carcajada.

—Está claro que ahora que ha empezado a ver mundo ya no hay quien la pare. —Se llevó la mano a la cabeza—. Y yo que creía que lo mejor para ella era no moverla de su tierra, no sacarla de su círculo de amigas y de sus rutinas… y ¡resulta que estaba completamente equivocado!

Alicia le acarició la mejilla y se estremeció con el roce de su barba. Era algo que siempre le había gustado y no dejaría de hacerlo.

—No te sientas mal. Hacías lo que creías que era mejor.

—Sí —asintió—, pero, en el fondo, simplemente estaba haciendo lo que se esperaba de mí. Quedarme aquí y cuidar de mi madre.

—Shhhh, lo has hecho muy bien. Estoy segura de que está muy orgullosa de ti.

—Espero que mi padre también lo esté, todo ha sido más duro desde que nos dejó y… —No podía seguir hablando. Demasiadas emociones.

—Has cargado con demasiado peso a tus espaldas, Felipe, puede que sea hora de que compartas esa carga con alguien más —profirió mirándolo fijamente.

Felipe no podía creer lo que estaba escuchando.

—¿Te refieres a que…?

—Te quiero, y quiero estar contigo, así que sí. Me refiero a lo que estás pensando.

—¿Estás segura? —La miró incrédulo—. Mi madre está ahora bastante bien, pero con el paso de los años la cosa irá empeorando y puede que, entonces tú te veas obligada a renunciar a algo más. No quiero que me odies cuando eso suceda.

Ella sacudió la cabeza.

—No, Felipe, me odiaría a mí misma por haberte dejado. Por haber perdido al amor de mi vida. No creo que pueda arrepentirme de nada de lo que haga si estás conmigo.

—Entonces, ¿eso es un sí?

Alicia sintió que el estómago le daba la vuelta a causa de la emoción.

—No sé cuál es la pregunta, pero, sea la que sea, si es contigo, es un sí.

Felipe se puso en pie de un salto y le estiró del brazo para atraerla hacia él. La sujetó por la cintura con una mano mientras le acariciaba el cuello con la otra. Nunca antes se había sentido tan feliz. Sentía que el corazón le iba a estallar. Le dio un suave beso en los labios y volvió a mirarla, como si todavía no pudiera creerse que aquello fuera cierto.

Cerró los ojos y acercó su boca a la de Alicia para perderse en ella. Devoró sus labios como nunca antes lo había hecho y sintió en ella una entrega completa. Lo que estaban viviendo no era ninguna película. Era real. Muy real.

«Por fin, Felipe, por fin vas a cumplir tu sueño».

Despacio, separó su boca de la de Alicia y la miró embelesado. Ella sonrió de nuevo y apoyó la cabeza contra su pecho.

Puede que no lo hubiera sabido hasta ahora, pero si había algo que había deseado con todas sus fuerzas desde hacía años, era a él.

Lo había idolatrado, lo había admirado, lo había odiado, lo había querido... Nadie había provocado tantos sentimientos en ella como Felipe Estévez: el hombre que una vez había pisoteado todos sus sueños e ilusiones y que, ahora, iba a convertirse en su gran sueño cumplido.

—¡No puedo creerlo, no puedo creerlo! —Maruchi daba palmas alborozada.

Felipe y Alicia habían ido directos a contarle la buena nueva. No es que todo aquello la pillara de sorpresa.

Maruchi y su hijo habían pasado semanas hablando de su traslado a Bruselas y habían alquilado un piso en el mismo edificio que Pablo.

Si todo salía como ambos tenían planeado, tampoco querían que la vida de Alicia cambiase de la noche a la mañana y, después de los altibajos que había vivido su relación en el último año, preferirían ir despacio. Volver a empezar.

Él había decidido que quería seguir dedicándose a la mediación intercultural y a la interpretación en hospitales y centros de salud y, por fortuna, debido a la cantidad de gente de diferentes nacionalidades que vivía en Bruselas, había trabajo de sobra.

Pablo había buscado un centro de día para que Maruchi estuviera bien atendida y ella estaba emperrada en aprender francés.

—En mis tiempos no se estudiaba la lengua de Shakespeare en los colegios, todos aprendíamos a hablar el idioma del amor —les explicó—, así que solo será cuestión de refrescar mis conocimientos. Además, ya sé decir lo más básico.

—¿Ah, sí? ¿Y qué es? —preguntó Felipe con curiosidad.

—*Voulez vous coucher avec moi?*

Los tres estallaron en carcajadas, Maruchi era una mujer con un gran sentido del humor. Mientras lo conservase, la enfermedad nunca la derrotaría del todo.

Además, ahora, era ella la que esperaba cumplir su sueño: ser abuela.

Si todos los demás conseguían lo que querían, ¿por qué ella no?

Abrazó a Alicia. De momento ya había ganado una hija, lo demás, ya llegaría.

CAPÍTULO 30

La barbacoa

Las despedidas se acumulaban.

Alicia había regresado a pasar el fin de semana a Valencia para despedirse de Lidia y para ayudar a Felipe y a su madre a cerrar la casa y terminar de preparar el equipaje.

Esa noche iban a casa de Santi y Marisa para cenar, con la niña tan pequeña preferían no salir por ahí para que no se saltara su rutina diaria de baño, cena y sueño. ¡No era de extrañar en alguien tan cuadriculado como Marisa! Y, además, se había convertido en una especie de ritual para ellos.

Los chicos estaban en la terraza preparando una barbacoa y Alicia y Lidia estaban ayudando a su amiga a bañar a mini Marisa.

–¡Es adorable!

–Son tan achuchables cuando son pequeñitos, ¿verdad?

Su amiga se giró hacia ellas y sonrió.

–Lo cierto es que no sabía que me iba a gustar tanto ser madre –dijo orgullosa.

—Sí que has cambiado —bromeó Lidia—. Has pasado de ser odiosa a ser una persona bastante decente.

Recibió un codazo por parte de Marisa a modo de respuesta.

—¡Os odio a las dos! —gruñó—. Me vais a dejar tan sola...

—Yo volveré dentro de un año, además, voy a tener tantas historias que contarte que al final tendrás que dejar de traducir novelas románticas y escribir una. Espero poder vivir muchas aventuras.

—¿Amorosas? —inquirió Alicia.

—De todo tipo, sí, pero no le diré que no a unas cuantas aventuras amorosas.

Sus risas se vieron interrumpidas por la voz de Santiago.

—¡Chicas: a cenar!

Marisa envolvió a la pequeña con una toalla y se metió en la habitación para ponerle el pijama.

—Enseguida voy. Le doy el biberón, la dejo en la cuna y enseguida salgo con vosotros.

Lidia y Alicia se dirigieron a la terraza, cogidas del brazo.

—¿Cómo hemos podido cambiar tanto? —se preguntó Alicia.

—Eh, yo no he cambiado —replicó Lidia—. Mi intención es vivir la vida loca, conocer a otras personas...

—Sí, a otros hombres. —Rio.

—¿Qué hay de malo?

—Ya hablaremos cuando vuelvas... Me apostaría lo que fuera a que para entonces tú también habrás cambiado.

Salieron a la terraza y se sentaron a la mesa al lado

de Felipe y Jesús, mientras Santiago terminaba de darle la vuelta al embutido y las chuletas.

–¿Nerviosa? –le susurró Felipe al oído.

Ella negó con la cabeza y se acercó para darle un beso en los labios, a lo que él respondió colocando la mano en su muslo y acariciándolo suavemente.

Al día siguiente volaría con Felipe y su madre rumbo a su nueva vida en Bruselas. Habían pasado un mes separados y se alegraba de tenerlo cerca. Lo había echado de menos, a pesar de que no había habido un solo día en el que no hubieran hablado. Saber que iban a volver a estar juntos no la ponía nerviosa, al contrario, la tranquilizaba.

Esas últimas semanas sin él se le habían hecho eternas. Sobre todo ahora que tenía tan claro lo que quería. ¿Cómo podía haber dudado siquiera?

Marisa salió a la terraza colocándose el dedo índice sobre la boca para indicarles que no gritasen.

–¿Se ha dormido?

–Como una bendita.

–¡Es igualita que su madre! –ironizó Lidia.

Marisa la fulminó con la mirada, tratando de parecer enfadada. Nada más lejos de la realidad, aunque les encantaba picarse la una a la otra, habían aprendido que a pesar de ser tan diferentes podían ser buenas amigas.

–Felipe, ¿no te has planteado presentarte a la próxima convocatoria de la Unión Europea?

–Lo cierto es que no. Mi único motivo para ir a Bélgica es este –respondió mientras estrechaba a Alicia en sus brazos–, me gusta esta nueva faceta de intérprete y mediador que he descubierto.

–¡Eres grande! –exclamó Santi elevando su cerveza por él–. Quiero que sepas que siempre estuve de tu parte.

–¿Qué esperabas? –Marisa puso los ojos en blanco–, era obvio. Felipe y la señorita «quiero ser Mafalda». ¿Cómo no iban a terminar juntos?

Todos se desternillaron ante el apodo de Alicia.

Después del postre, Jesús descorchó la botella de champán que había traído.

–¿Por qué brindamos hoy? –preguntó mientras llenaba las copas.

–¡Por los nuevos comienzos! –gritó Lidia.

–¡Por los sueños cumplidos! –dijeron los otros cuatro.

Mirándose a los ojos, brindaron y bebieron.

–Marisa –profirió Lidia entrecerrando los ojos–. ¡Tú no has bebido! –dijo señalándola con el dedo índice.

–Claro que sí.

–Te he visto. Apenas te has mojado los labios.

–Te digo que sí.

Lidia se quedó callada, muy seria, estudiándola detenidamente, luego sonrió satisfecha por su descubrimiento.

–¡Estás embarazada! –La acusó como si fuera un delito.

–Está bien, lo admito. Sí, es un poco pronto y no queríamos decir nada aún, pero eres demasiado observadora...

–¡Joder! –exclamó Alicia–, ¡si mini Marisa todavía es un bebé!

–Lo sé, queríamos habernos esperado, pero...

–Ya, ya, ya –espetó Lidia–. Lo que pasa es que tienes las hormonas revolucionadas, súmale a eso las novelas que te dedicas a traducir y claro... ¡no creo que Santi te ponga pegas!

Todos rieron de nuevo.

Sería la última cena que harían todos juntos en un tiempo, pero no dejaron que les invadiera la tristeza.

La vida les sonreía y, aunque todos sabían que la felicidad completa no existía, no necesitaban nada más de lo que ya tenían.

CAPÍTULO 31

Un nuevo sueño

Un par de años más tarde…

–¡Felipe, Felipe! –chilló Alicia–. ¡¡Esta es la mejor noticia de mi vida!!

Entró al salón, con las manos a la espalda y con la palabra felicidad escrita en la frente.

Él se acercó a ella.

–¿Qué pasa? ¿Han convocado las pruebas para intérprete de la ONU?

Sabía que ese había sido siempre el gran sueño de su mujer y que, aunque trabajar en Bruselas ya era algo realmente importante, tenía claro que el gran objetivo era Nueva York.

Sin embargo, no era un asunto del que hubieran hablado mucho. La enfermedad de su madre, aunque avanzaba con lentitud, iba haciendo cada vez más mella en Maruchi y Felipe haría lo que fuera por conservar a su mujer (sí, ahora era su mujer), pero no quería dificultarle más la vida a su madre, que bastante había hecho ya por ellos.

Trasladarse a Bruselas había sido un acto valiente por su parte, pero volver a hacerlo, ahora o dentro de un año, y a otro continente, le parecía demasiado duro para ella. Demasiados cambios. Aquí, al menos tenía también a su sobrino Pablo y a Emmanuellë y Stavros, que al fin habían aprendido español y ya eran como de la familia.

Llevaban allí dos años y tenían su vida hecha. ¿Empezar de cero en otro lugar? ¿Qué haría si era eso lo que le pedía? No podría retenerla.

Se quedó callado. Bloqueado por un momento.

Alicia se acercó a él, se puso de puntillas y le dio un beso en los labios sin sacar las manos de detrás de su espalda.

–¿No es eso?

–Te he dicho que es la mejor noticia que he recibido en mi vida, Felipe, ¿en serio crees que estoy hablando de las pruebas de la ONU?

Se rascó la cabeza, confuso, porque era justo eso lo que había pensado.

–Entonces, ¿qué es?

–Elige una mano: ¿derecha o izquierda?

–¿Derecha?

–¿Es esa tu última palabra?

Alicia se balanceó, dejando caer su peso primero sobre un pie y luego sobre el otro, pero sin mostrarle ninguna mano y Felipe empezó a ponerse nervioso.

–Ali, ¿cuál es esa noticia tan maravillosa?

–No te pongas quisquilloso. Si no hay intriga no hay emoción.

–Aliiiiii.

–Está bien, está bien.

Sacó la mano derecha de detrás de su espalda y le mostró a Felipe un test de embarazo con dos rayas.

Él abrió mucho los ojos, le arrebató el cacharro de entre las manos y lo miró desde todos los ángulos posibles. ¿Eso quería decir que estaba embarazada o que no?

Alicia leyó la pregunta en su mirada.

–¡Vamos a ser padres!

Casi no había acabado la frase cuando Felipe la cogió entre sus brazos y la levantó por encima de él, emocionado.

–¿Vamos a ser padres? ¿De verdad?

Alicia asintió.

–Anda, bájame que voy a vomitar. Últimamente cualquier cosa me revuelve el estómago y no querrás que te caiga todo a ti –bromeó.

–Pero yo... pero yo... –tartamudeó Felipe. Esa opción ni siquiera se le había pasado por la cabeza.

Ella se abrazó a él con fuerza.

–Puede que todavía no te lo creas, pero mi único sueño ahora mismo es formar una familia contigo. No creo que pueda haber nada más importante, ni que me haga más feliz –murmuró antes de besarle, cariñosamente, la nariz.

La cabeza de Maruchi se asomó al salón y, con ayuda del andador que utilizaba en los últimos tiempos, se acercó a ellos.

–¿He oído bien?

–Sí, Maruchi, vas a ser abuela.

La buena mujer se quedó plantada frente a ellos, sin saber muy bien qué decir. Era difícil saberlo por su gesto, puesto que el párkinson, cada día más presente en su vida, hacía que permanentemente tuviera una expresión fija en la cara, sin embargo el brillo en sus ojos y las lágrimas contenidas lo decían todo.

—¿Cuándo?

—Este verano. Con un poco de suerte nos pillará de vacaciones y podrá nacer en Valencia.

Era una noticia feliz, pero aunque no quisiera admitirlo, había cierta tristeza y melancolía en ella.

—Me hubiera gustado ser una abuela más joven, más moderna… —se calló. No quería decir que lo que no quería era ser una abuela enferma e inútil.

—Vas a ser la mejor abuela del mundo, mamá —dijo Felipe acercándose a ella y abrazándola—. Igual que ya has sido la mejor madre del mundo.

Los brazos de su hijo la reconfortaban y la enorgullecían, pero aún así…

Una lágrima le cayó por la mejilla.

—Soy una tonta. Lo siento. He estropeado este bonito momento —se disculpó.

—No has estropeado nada, mamá.

—¡Claro que no! —añadió Alicia al tiempo que se unía al abrazo—. Vas a darle todo el amor que un niño puede recibir, no hay mayor regalo en el mundo.

Maruchi sonrió. Eso no le iba a faltar. Iba a querer a ese bebé con todas sus fuerzas.

Durante un tiempo había pensado que Felipe nunca le daría nietos, pero, ahora, por fin, ¡iba a ser abuela! Esta vez iba a ser ella la que cumpliese su sueño. Puede que no fuera a suceder tal y como lo había soñado, le hubiera gustado que sus circunstancias fueran diferentes, pero era una mujer fuerte. Ese bebé iba a saber quién era Maruchi y la recordaría siempre.

La vida te daba una de cal y otra de arena, pero ella sabía bien como limpiar la cal. No iba a dejarse vencer por las cosas malas, disfrutaría todo lo bueno que estuviera por llegar.

—Sí, tenéis razón —murmuró entre lágrimas, esta vez, de alegría—. Voy a ser una abuela fabulosa.

Felipe y Alicia asintieron, no tenían ninguna duda de que Maruchi iba a serlo, así como tampoco tenían ninguna duda de que el futuro bebé sería feliz con ella.

—Además, mamá —añadió Felipe—, ¿cuántas abuelas hablan francés, beben *tonics* y se escapan de casa para hacer de celestinas?

Maruchi rio, sí, lo cierto es que con enfermedad o sin ella, era única y eso nadie podría arrebatárselo. Esa locura, ese buen humor y ese optimismo que tenía se los trasmitiría al futuro bebé.

Su esencia perduraría para siempre en la herencia de su nieto.

Epílogo

La primera vez que vi a Felipe supe que era alguien especial.

Sentí sus ojos sobre mí nada más entrar en clase. Recuerdo que fue como si me desnudara con la mirada. Me sentía insignificante comparada con el resto de mis compañeras, él recorrió con sus ojos todo mi cuerpo y, en ese momento, yo me sentí avergonzada por haberme puesto la sudadera de Mafalda. Al contrario que las otras chicas de mi clase, que venían maquilladas y muy arregladas, yo parecía una cría, sin embargo, no se fijó en ellas.

¿Por qué me miraba a mí?

Esos ojos oscuros y penetrantes me pusieron más nerviosa de lo que ya solía acudir a mis clases.

Cuando me senté en mi sitio, respiré hondo y traté de relajarme.

Seguramente venía a colaborar en la clase de Mónica.

Me quedé de piedra cuando supe que él sustituiría a mi antigua profesora de interpretación a partir de aquel día.

¿Cómo iba a interpretar correctamente si su mera presencia bastaba para hacer que me temblaran las piernas?

Cuando escuché su voz a través de los cascos quise morirme. Era una voz inconfundible: aterciopelada y a la vez varonil. Escucharlo hablar era lo más increíble que me había pasado nunca, sentía que me hipnotizaba.

Empezamos la clase y vi que él nos iba escuchando uno por uno. Mientras no me mirase estaría tranquila. Sin perder el hilo de la grabación que había puesto por el ordenador y que iba interpretando, levantaba la vista para ver a quién estaba escuchando. No podía saberlo a ciencia cierta, pero más o menos podía deducir a dónde miraban sus ojos.

El estómago me dio un vuelco al sentir que se dirigían hacia mí y, de pronto, se me quebró la voz, empecé a trastabillarme y mi interpretación, aunque mejor que la de muchos de los compañeros que me rodeaban, se fue al traste.

Quería que dejara de escucharme para poder volver a pensar con claridad. Tal vez lo hubiera hecho, pero era difícil saberlo porque ya no volvió a despegar sus ojos de mí.

Deseaba saber qué es lo que pasaba por su cabeza.

¿Qué pensaba? No sabía si era algo bueno o malo, pero supe, desde ese preciso momento que quería demostrarle que yo era la mejor. Quería que siguiera fijándose en mí y la forma más sencilla de hacerlo era destacar.

Me convertiría en una gran intérprete.

Como Mafalda.

Siempre había soñado con ser intérprete en las Naciones Unidas, pero me parecía un sueño inalcanza-

ble. Hasta ese momento, en el que se convirtió en mi objetivo principal.

Felipe Estévez SÍ era un sueño inalcanzable.

Un hombre como ese jamás saldría con alguien como yo. Estaba convencida de que nunca me vería como algo más que una alumna.

Y, en ese momento, no había nada que deseara más en el mundo.

Aquello había sido amor a primera vista o, mejor dicho, amor en versión original.

Reconocimiento

Normalmente los autores dedicamos esta página a los agradecimientos, y no es que yo no tenga nada que agradecer, ¡al contrario! Tengo que dar las gracias a mi marido, a mi familia, a mis amigos, a mi editorial y, por supuesto, a los lectores.

No obstante, esta vez, me gustaría expresar en este espacio mi admiración, mi solidaridad, mi respeto y mi cariño hacia todas aquellas personas que cuidan a sus familiares enfermos, igual que Felipe cuida a su madre, y se sacrifican por ellos, dedicándoles su tiempo y, por encima de todo, su amor.

Esta novela es un humilde homenaje para cada uno de ellos.

ÚLTIMOS TÍTULOS PUBLICADOS EN HQN

Acariciando la oscuridad de Gena Showalter

La chica de las fotos de Mayte Esteban

Antes de abrazarnos de Susan Mallery

El jardín de Neve de Mar Carrión

Un amor entre las dunas de Carla Crespo

Siempre una dama de Delilah Marvelle

Las chicas buenas no... mienten de Victoria Dahl

Un viaje por tus sentidos de Megan Hart

De repente, el último verano de Sarah Morgan

Trampa a un caballero de Julia London

Amor en cadena de Lorraine Cocó

Algo más que vecinos de Isabel Keats

Antes de la boda de Susan Mallery

Todas las estrellas son para ti de J. de la Rosa

Reflejos del pasado de Susan Wiggs

www.ingramcontent.com/pod-product-compliance
Lightning Source LLC
LaVergne TN
LVHW030342070526
838199LV00067B/6414